Corações em fase Terminal

Universo dos Livros Editora Ltda.
Rua do Bosque, 1589 • 6º andar • Bloco 2 • Conj. 603/606
Barra Funda • CEP 01136-001 • São Paulo • SP
Telefone/Fax: (11) 3392-3336
www.universodoslivros.com.br
e-mail: editor@universodoslivros.com.br
Siga-nos no Twitter: @univdoslivros

FABIANE RIBEIRO

Corações em fase Terminal

São Paulo
2014

UNIVERSO DOS LIVROS

Diretor editorial: **Luis Matos**
Editora-chefe: **Marcia Batista**
Assistentes editoriais: **Aline Graça e Rodolfo Santana**
Preparação: **Geisa Oliveira**
Revisão: **Jonathan Busato e Raquel Siqueira**
Arte: **Francine C. Silva e Valdinei Gomes**
Capa: **Renato Klisman**

Dados Internacionais de Catalogação na Publicação (CIP)
Angélica Ilacqua CRB-8/7057

R369c Ribeiro, Fabiane
Corações em fase terminal / Fabiane Ribeiro. -- São Paulo:
Universo dos Livros, 2014.
144 p.

ISBN: 978-85-7930-761-4
1. Literatura brasileira – Ficção I. Título

14-0783 CDD B869

Dedico a...

...*meu* Pepeu.

Agradeço a...

O. A. Secatto, pela arte que inspirou a capa deste livro,
José Carlos, por dividir seus conhecimentos,
Alícia, pela companhia da primeira à última página,
Viviane, por acreditar neste livro desde quando ele era uma ideia.

Capítulos

1

Suicídio

Era uma manhã como qualquer outra. Uma vida como qualquer outra. Uma chance para progredir, aprender, ser feliz... Como qualquer outra. Exceto por estar prestes a se perder. Estava, em uma linguagem mais séria, em fase terminal.

Seu nome, Cátia. Idade, 24 anos. Cidade, Rio de Janeiro. Estado civil, solteira. Vício, drogas, álcool e cigarro. Doença, não aparente (mas fatal). Crime, escolhas erradas... Uma após a outra.

Andreia abriu a porta do quarto. Com os olhos marejados, vislumbrou a amada filha atirada entre os lençóis. Cátia estava em sono profundo. Seu quarto, suas roupas, seu cabelo, seu hálito... Tudo ali cheirava a álcool, tabaco e outras tantas misturas, que a mãe não saberia discernir. Odiava aquilo. Odiava o rumo que a vida da filha – e, consequentemente, a sua – havia tomado. Onde tinha errado? Qual fora o exato ponto em que tudo se perdeu? O que aconteceu com a doce menina que, ao entrar na adolescência, fizera sua própria existência desmoronar?

Andreia assistia a tudo, sentindo-se, muitas vezes, de mãos atadas. Assistia à filha amada, dia após dia, acabar com a própria vida... Afundar-se na lama e, literalmente, cometer suicídio, de uma forma lenta e progressiva, mas não menos cruel ou cheia de culpa.

Agora chorava. Há quase quatro anos a filha entrara no mundo das drogas e do álcool, mas Andreia ainda não se acostumara a encontrá-la naquele estado desumano pela manhã. A cena, mesmo que repetida, causava-lhe tamanho espanto e tristeza que, de certa forma, também lhe tirava a vida... Pouco a pouco.

Pelas manhãs, após mais uma noite que Cátia passara fora de casa, no fundo a mãe sempre tinha a inocência de que dessa vez seria diferente. De que a filha apenas saíra para dançar com os colegas, ou passara a noite fofocando com Lorena, sua melhor amiga, e esquecera-se da hora. Mas isso nunca acontecia. E esta manhã, mais uma vez, ali estava Cátia: com o corpo castigado pelos vícios, o quarto em um estado lamentável, e a mãe com o coração destruído, os olhos banhados em lágrimas e o pensamento longe... em uma época em que nada daquilo era real.

Cátia fora uma criança absolutamente normal.

– Mamãe, mamãe, chegou a manhã de Natal!

– Sim, filha, vá se trocar e volte para abrir os presentes! Eu, seu pai e seus tios estamos esperando por você!

O ano era 1995. Cátia, com oito anos, corria feliz em direção ao quarto, para vestir-se e, em seguida, abrir os presentes de Natal.

Ela era a única filha de Andreia e Raimundo. O pai era juiz e ficava muitas horas fora de casa, porém todo seu tempo livre era dedicado à filha. Ele a amava e sonhava com o dia em que ela se formaria na Escola de Direito. Raimundo adorava trazer presentes para Cátia e, nos finais de semana, gostava de levá-la para passear no Morro da Urca e no Jardim Botânico.

Andreia, por sua vez, não tinha um emprego. Filha de um rico empresário carioca, após casar-se com Raimundo decidira que sua vida seria dedicada ao lar e à família.

Por muitos anos eles tentaram engravidar, porém Andreia, após muitos exames e idas constantes aos melhores médicos da cidade, descobriu que tinha um problema hormonal grave e que engravidar seria uma tarefa quase impossível.

Justo ela, que nascera, segundo acreditava, para dedicar-se à maternidade. Naquele instante, seu mundo desmoronou, e veio a depressão.

Sete anos de tratamento e terapia foram suficientes para que a primeira e única gravidez do casal acontecesse. Nove meses depois, em uma maternidade na cidade do Rio de Janeiro, ouvia-se o primeiro choro de Cátia. A filha era objeto de adoração e devoção dos pais. Cresceu em um lar de amor e carinhos, cercada por todos os tipos de mimos e júbilos que uma criança da alta classe carioca pode ter. Frequentou os melhores colégios. Sempre dedicada, entrou na faculdade aos 18 anos, como aluna do curso de Direito.

– Raimundo, eu estou preocupada com a Cátia. Um professor enviou-me um comunicado esta semana de que ela tem faltado a muitas aulas e seu rendimento está caindo constantemente.

– Eu sei, meu bem, isso não é do feitio da nossa menina, mas tenho certeza de que é apenas uma fase de rebeldia. Você sabe como são os jovens. Logo ela voltará a ser a melhor aluna da turma.

– Espero que você esteja certo – disse Andreia; contudo, temendo as próprias palavras.

O ano era 2006. Cátia estava no segundo ano da faculdade, e cada vez mais andava com uma turma estranha. Dos antigos colegas só restara Lorena, que também apresentava um comportamento anormal nos últimos meses. As amigas estavam cada vez mais afastadas de suas famílias, passando cada vez mais horas fora de casa.

Andreia sabia que algo não ia bem e, mais que tudo, sabia que, dia após dia, a situação fugia de seu controle. Mas o medo a impedia de agir.

O ano era 2008. Dois anos após o comportamento anormal de Cátia ter se iniciado, a mãe procurou ajuda. Foi até uma conceituada universidade no Rio de Janeiro e procurou por um professor especialista em jovens dependentes químicos.

A decisão de ir até lá fora provavelmente a mais difícil que Andreia tomara na vida. Tanto que levara 24 meses até que ela criasse coragem, e, ainda assim, teve que ir sem que Raimundo desconfiasse. Pedir ajuda significava admitir o que a filha estava fazendo, e o pai ainda não aceitava.

Então, Andreia marcou horário, e foi conversar com o atencioso professor, que, ao saber do assunto, dispôs-se a ajudar:

– Pelo que você me relata, Andreia, creio que sua filha seja usuária de algumas drogas, como cocaína e maconha. Além do próprio cigarro e do álcool.

Andreia chorava tão compulsivamente que o professor ofereceu-lhe um copo d'água. Então explicou-se melhor:

– Esse tal beco que você diz que ela frequenta fica escondido em um bairro nobre, assim podemos assumir que diversas pessoas que frequentam o local têm o mesmo hábito. E, segundo as alterações comportamentais que você me descreve, posso arriscar dizer que seu uso de cocaína já pode ter passado da forma inalada para a injetável. E que o consumo de álcool deve ser simultâneo, uma vez que, dessa forma, os efeitos euforizantes da droga são intensificados. Chamou-me atenção a perda de apetite da jovem, e o fato de que ela perdeu muito peso em um ano, além de sua agressividade e dificuldade para dormir.

– É verdade – respondeu Andreia, com dificuldade por causa dos próprios soluços –, ela tem se alimentado muito pouco e consegue dormir apenas poucas horas, e sempre pela manhã.

– É comum esses usuários aumentarem a quantidade consumida, para sentir cada vez mais os efeitos de euforia. E, dessa forma, acabam se tornando ainda mais agressivos. Isso é observado?

– Sim – respondeu Andreia, com pesar.

– E também é comum que se iniciem quadros de delírio.

– Quanto a isso não sei informar. A Cátia, quando está em casa, só fica no quarto.

– Andreia – disse o professor –, isso tudo é muito sério. Além de todos esses distúrbios comportamentais, que afastaram a Cátia de um convívio social adequado e de um nível de vida dentro dos padrões de normalidade, ela pode acabar morrendo a qualquer hora, vítima de acidente vascular cerebral ou infarto do miocárdio gerado pela hipertensão. Sem falar, é claro, de transtornos psíquicos, todos causados pela cocaína, problemas hepáticos pelo consumo alcoólico, e danos respiratórios ocasionados pela maconha e pelo cigarro.

– O que faço? – perguntou Andreia, em prantos.

– Sugiro que a leve para uma clínica imediatamente; então deverão ser iniciados os processos de desintoxicação e reabilitação.

Quando saiu da sala, Andreia pensou que fosse desmaiar. Sua cabeça girava com todas aquelas informações. Ela sabia que o professor estava certo. Mas as coisas atingiram tal nível que ela tinha medo da própria filha. Sabia que Cátia não podia nem ouvir falar em ser enviada para uma clínica, que se tornaria ainda mais agressiva.

Andreia sentia-se sozinha e sem forças para lutar contra o problema.

Cátia acordou perto da hora do almoço. Seu corpo todo doía, mas ela já se acostumara com aquela sensação da "manhã seguinte".

Passara a noite toda no beco. Ela, Lorena e outros colegas de vício tinham ficado horas falando coisas sem sentido, dançando e sustentando seus vícios. Esse era o cenário da vida perfeita para Cátia. Em certo momento, sua euforia era tanta que tudo o que ela queria fazer era rir. Pegar outra seringa, injetar na própria veia. E rir. Buscar mais uma cerveja. Rir, sem parar. Sem motivo. Rir da vida, rir de si mesma. Rir da cara de idiota dos pais. Rir de Lorena e da alegria sem tamanho que sentiam quando estavam no beco.

Ela transpirava excessivamente, e sentia seu coração acelerado. Sentia-se a dona do mundo, e, de mãos dadas com Lorena, dançava entusiasmadamente.

Já não reconhecia a si própria. Não era a mesma pessoa de alguns anos atrás. Mas isso não importava. Tudo o que ela queria era aproveitar o momento. Rir. Dançar. Beber. Inalar. Fumar. Injetar.

Então Cátia, de um segundo para o outro, atirou-se em um canto do beco, tapando com força os próprios ouvidos, e gritando:

– Eles estão vindo! Eles estão vindo!

– Quem está vindo? – indagou Lorena, assustada.

– Eles querem me pegar! Eles estão vindo!

Cátia dizia frases soltas e sem o menor sentido. Gritava de forma descontrolada e debatia-se contra o muro. Até que outros frequentadores do beco se irritaram e mandaram que Lorena a levasse embora:

– Leve essa garota daqui – disse um dos traficantes. – Ela está delirando.

Horas depois, Cátia acordou com sede intensa. Saiu do quarto e foi para o andar de baixo.

Assim que entrou na cozinha, Andreia lhe dirigiu o olhar, dizendo:

– Chegou tarde outra vez. Bêbada e drogada.

– Não diga besteiras – respondeu a jovem, mas com expressões que denunciavam a noite no beco.

– Quando isso vai parar, Cátia? – interrogou o pai, que estava sentado à mesa, frente a um prato intocado de comida, com lágrimas na face. Mais dois anos haviam se passado, desde que Andreia procurara ajuda. Raimundo já não podia fugir do problema. – Não sabemos o que fazer. Vamos enviá-la para alguma clínica de reabilitação...

– VOCÊS NÃO SABEM DO QUE ESTÃO FALANDO! – berrou Cátia, de forma agressiva, atirando um copo na parede. – VOCÊS NÃO TÊM O DIREITO DE CONTROLAR MINHA VIDA!

– Enquanto você morar sob nosso teto, temos o direito sim! – retorquiu o pai.

– Vocês são dois inúteis, imbecis, que não sabem nada da minha vida, e que apenas se preocupam comigo por medo do que seus amigos idiotas e tediosos irão dizer! Estou cheia de vocês! Espero que morram!

Deu meia volta e saiu da cozinha, após mais uma das discussões diárias que tinha com os pais.

Eles nem tiveram tempo de responder e, se pudessem, teriam apenas dito que também prefeririam estar mortos. As palavras de Cátia doíam em seus peitos, mas nada castigava mais aqueles pais do que ver a filha, a doce e amada menina, tornar-se aquele monstro.

Cátia subiu para o quarto, furiosa. O sangue fervia em suas veias, e ela não era capaz de controlar a raiva que sentia. Raiva da vida, do mundo, dos pais, de si mesma.

Então começou a pegar as roupas do armário e jogá-las no chão com força, chegando a rasgar algumas. Jogou todos os objetos de cima da penteadeira também no chão. Os porta-retratos, atirou com força na parede, estilhaçando os vidros, e rasgando algumas fotografias de infância.

Rasgou todo o material da faculdade. Cada livro, cada caderno.

Por fim, pegou uma cadeira e atirou com força contra o espelho, estilhaçando-o.

Os resquícios de vidro que restaram na moldura refletiam sua própria face. Ela sempre fora dona de uma beleza única. Agora, contudo, estava demasiadamente magra, com ar pálido e enfraquecido. Seus longos e lisos cabelos negros estavam desgrenhados. Tinha uma bela franja que cobria a testa, e olhos negros que, agora, não mais refletiam o brilho da vida, apenas o peso de seus vícios.

Fitando a si própria nos restos de espelho, Cátia gritou, sem que fosse capaz de controlar a própria raiva.

Então atirou-se com força na cama e chorou. Após alguns minutos de seu súbito acesso de fúria, sentiu-se mole, sonolenta, fraca.

Cátia estava deitada na cama, em meio à bagunça que ela própria causara; depois apenas fechou os olhos e adormeceu.

E foi assim que tudo aconteceu.

2

A caixa maravilhosa, o coração doente e o espelho repugnante

Rapidamente tudo começou a desaparecer. Cátia permanecia de olhos fechados; contudo, se os abrisse, veria uma cena no mínimo memorável.

Tudo sumia feito fumaça.

O quarto, seus móveis. As roupas, as fotos, os enfeites... Até os cacos do vidro que Cátia quebrara há instantes. Tudo se diluía aos poucos, perdia-se no espaço e tornava-se fumaça.

A jovem continuava a dormir tranquila, enquanto seu quarto girava em torno do próprio eixo e perdia a forma.

Após um tempo, a densa fumaça começou a rarear. À medida que a fumaça se desfazia, a claridade tocava o corpo de Cátia, ainda imóvel na cama. Assim, quando a fumaça se desfez por completo, a moça abriu os olhos, despertando de um sono renovador. Seu corpo sentia-se bem, estava disposta e cheia de vida. Tudo parecia bem, exceto pelo fato de ela não se lembrar quem era.

A jovem abriu os olhos e vislumbrou o aposento em que estava.

Era um quarto estreito e comprido, cinza, frio, sem brilho. Estava deitada em uma cama, onde, aparentemente, estivera dormindo por tempo indeterminado. A cama estava vazia, e a moça pôde perceber que sentia um tremendo frio, não apenas pela falta de cobertas, mas também porque estava nua.

Ela olhou alguns instantes ao seu redor, achando tudo curioso. O quarto cinza tinha apenas um guarda-roupa, com portas abertas, e ela percebeu que havia um único traje em seu interior. Não havia janelas, apenas uma porta ao final do aposento comprido.

Fora a cama e o guarda-roupa, havia também uma mesa de centro, próxima à cama, e sobre ela repousava uma bonita e adornada caixa dourada.

A cor da caixa resplandecia aos olhos de Cátia, mas não era o que mais chamava a atenção naquele local.

Em uma das paredes laterais do quarto, havia um espelho.

Ele era grande e de aparência velha e repugnante. Entretanto, parecia chamá-la. Era como se uma voz inaudível a convidasse a ir até lá.

Ela caminhou primeiramente até o guarda-roupa e vestiu o traje que lá se encontrava. Era uma longa veste dourada, com bordados maravilhosos em suas extremidades. Parecia a roupa de uma rainha.

Em seguida, caminhou até o espelho. Emitiu um grito de pavor.

Embora não se lembrasse claramente da própria fisionomia, tinha certeza de que contemplava a si própria. Contudo, estava ao fundo do espelho repugnante, sentada a um canto, encolhida, parecendo sentir frio e medo.

A imagem no espelho não correspondia às feições e aos movimentos de sua imagem real. O objeto ia do teto ao chão do quarto, era realmente horrível de se ver e, pelo que Cátia pôde perceber, possuía uma vasta profundidade. Como se estivesse perdida em um espaço infinito, ela estava sentada no interior do espelho – abraçando os próprios joelhos e fitando o vazio.

Na imagem, vestia uma roupa cinza, sem vida, seus cabelos estavam bagunçados, e tudo ao seu redor era sujo e pálido.

A moça andou pelo quarto, observando o espelho de ângulos diferentes. Contudo, a imagem permanecia na mesma posição. Estaria imóvel, a não ser pelos arrepios – não se podia dizer se de frio ou de pavor.

Então, ainda achando tudo bizarro e sobrenatural, a moça virou-se e fitou o outro objeto estranho naquele quarto: a caixa dourada sobre a mesa de centro.

A caixa, diferentemente do espelho, era linda, digna de uma rainha. Todo seu revestimento parecia ter sido talhado em ouro e, em sua porção superior, havia um nome talhado em material semelhante: CÁTIA.

A moça assumiu que aquele fosse seu nome, embora não se recordasse ao certo e, então, abriu a caixa, certa de que lhe pertencia.

Ao fazer isso, Cátia caiu no chão por causa de uma intensa dor. Percebeu que já sentia aquela dor desde que despertara no pálido quarto; entretanto, agora ela se materializara, ganhara vida.

Caída no chão, a jovem viu o que havia no interior da caixa: era um coração; e, sem saber como ou por que, teve certeza de que era o seu coração.

Abriu o traje que vestira há alguns minutos e viu que em seu peito havia uma cicatriz recente. Literalmente, seu coração havia sido arrancado de seu peito e jazia agora na caixa dourada.

Ela não tinha ideia de como o sangue continuava a percorrer os tecidos do seu corpo; chegou a pensar que estivesse morta.

O que significava aquilo tudo? Quem era ela? Onde estava? Por que não conseguia se lembrar de nada? Por que seu peito doía, vazio, e seu coração estava em uma caixa? Por que havia uma imagem sua presa em um espelho horrível?

Cátia percebeu que, aos poucos, voltou a se acostumar com a dor. Ela não diminuíra, apenas tornara-se uma companheira, como nos instantes iniciais, antes de a caixa ser aberta. Então, levantando-se do chão, passou a admirar o próprio coração na caixa dourada.

Ele pulsava. Tinha vida. Entretanto, era terrivelmente assustador. Suas câmaras estavam revestidas por uma série de manchas negras, algumas pequenas, outras maiores, quase cobrindo a extensão toda do órgão. A musculatura cardíaca parecia literalmente doente, fraca, abatida, manchada, enegrecida.

De súbito, um som fez com que Cátia saísse dos próprios pensamentos e tomasse consciência do mundo ao seu redor.

Ouviu um som que parecia vir do exterior daquele aposento e, finalmente, percebeu que estivera tão absorta em todos os mistérios daquele quarto frio, e da própria existência, que não pensara em sair dali e procurar ajuda, procurar respostas para suas indagações.

Fechou a caixa dourada, segurou-a com força em um dos braços, fechou a veste longa e maravilhosa que encontrara no armário ao despertar, lançou um último olhar ao espelho, percebendo que sua imagem continuava presa naquele lugar pavoroso, segurando com força os joelhos contra o corpo, em posição quase fetal, e fitando o vazio; e saiu do quarto.

3

O clarão dourado e novas dúvidas

Cátia – bem, pelo menos assim ela pensou que se chamava – fechou a porta do aposento em que acordara e fitou a rua. Havia muitas construções semelhantes, a perder de vista.

A moça girou em seus próprios calcanhares e vislumbrou o aposento do qual acabara de sair. Não se tratava de apenas um quarto. Mais parecia um conjugado, com quatro quartos. O dela era o térreo, à esquerda. Havia um à direita e dois acima, cada um com uma estreita escada lateral em caracol. Cátia observava cada detalhe com um misto de curiosidade e apreensão. Muitas perguntas ainda pairavam em sua mente.

Os quatro quartos conjugados tinham as paredes exteriores cinza, assim como no interior do que Cátia acabara de sair. Não possuíam janelas, apenas uma porta cada, e ela pensou que os outros três cômodos estivessem desabitados. Contudo, o quarto ao lado do seu, do térreo à direita, chamou sua atenção. A caixa em suas mãos estremeceu e, ao abri-la, a moça pôde constatar que seu coração imediatamente tornara-se mais ameno, calmo... mais humano. Era como se aquele aposento frio e sem vida à direita pertencesse a alguém que seu coração conhecia, esperava... Alguém que ele amava muito. Aquele quarto literalmente lacrado e sem brilho lhe guardava algo, ela sabia, podia apostar... e seu coração compreendeu, ao simples vislumbre do local, que ali, em algum momento, algo mágico aconteceria.

Então, voltando à realidade, a jovem virou mais uma vez e constatou que a rua toda era composta por inúmeras construções semelhantes àquela, cada uma com um número de quartos conjugados.

Estranhamente, cada habitação na rua, embora todas fossem do mesmo estilo, tinha suas peculiaridades. Algumas eram mais claras, até com paredes brancas. Outras possuíam algumas janelas (também de todas as formas: pequenas, lacradas, grandes, abertas, requintadas, ornamentadas).

Pessoas caminhavam pela rua, alegremente, indo e vindo em todas as direções. Cátia notou que cada uma, sem exceção, levava consigo uma caixa dourada semelhante à sua própria. Notou também que as pessoas usavam vestes menos notáveis que a sua.

Pela larga rua, que era toda constituída por paralelepípedos, carruagens eram tracionadas de forma graciosa por belos animais.

O céu da cidade era azul e lindo, resplandecendo aos olhos, e havia inúmeras nuvens, branquinhas, no céu, em formato de coração.

Belos castiçais enfeitavam as calçadas; quando a noite chegasse, trariam um brilho âmbar maravilhoso ao local. Ao redor da bela cidade, via-se uma cadeia montanhosa, que circundava tudo. E, pelas ruas, havia canteiros centrais majestosos, com árvores altíssimas, também em formato de coração. Era esplendoroso.

Ao longe, Cátia podia jurar que ouvia um delicioso apito de trem.

Ela abriu a caixinha dourada. Seu coração permanecia ali, pulsando, doente. Manchado. Seu próprio peito ainda doía, e ela teve a certeza de que se tratava de uma dor crônica, que não a abandonaria tão cedo. Então um grupo de meninos se aproximou, e alguns disseram:

– Vejam, uma recém-chegada!

Ela não soube o que aquilo significava, mas percebeu que, cada vez mais, um grupo maior de pessoas dirigia o olhar em sua direção e, por entre os sussurros e cochichos, pôde distinguir inúmeras vezes a mesma expressão:

– Recém-chegada... recém-chegada...

As dúvidas a atormentavam tanto que chegavam ao ponto de deixá-la fraca. Ela queria se aproximar de alguém, fazer perguntas; ou então simplesmente voltar correndo para o frio e cinzento quarto, mas não tinha forças.

Nesse instante, a porta do quarto acima do seu se abriu. Um simpático velhinho saiu de seu conjugado, desceu a escada lateral e caminhou em sua direção, sorrindo ao dizer:

– Finalmente! Estou vivendo sozinho nesse conjugado há mais de um século! Já era tempo de chegar alguma companhia! Como se chama?

Timidamente, ela mostrou a caixa dourada ao simpático senhor, e ele leu o nome talhado em sua parte superior:

– Cátia – ele murmurou. – É um belo nome. Seja bem-vinda.

Ela apenas o fitava. As dúvidas eram tantas e tão expressivas que não saberia por onde começar. Como se adivinhasse seus pensamentos, o velhinho continuou a dizer:

– Veja, eu também não me desgrudo de minha Caixa Sagrada por um segundo sequer.

Cátia viu que ele trazia nas mãos uma caixa semelhante à sua, com um nome dourado: TADEU.

Ainda digerindo as informações, perguntou a si mesma: *Caixa Sagrada? O que isso quer dizer?*

Mas Tadeu interrompeu os pensamentos da jovem, ao retomar a conversa:

– Eu sei que você está apreensiva e cheia de dúvidas; é assim com todos os recém-chegados, não se preocupe. Eu e você temos afinidade, seremos uma espécie de família a partir de agora. É assim que as coisas funcionam aqui, as pessoas vivem juntas de acordo com suas afinidades. Eu lhe ensinarei tudo sobre este lugar, e lhe ajudarei a cuidar de seu coração e de sua Caixa Sagrada. Pela conformação de nosso conjugado, ainda teremos mais dois membros em nossa família, mas eles ainda não chegaram. Tenhamos paciência, por enquanto seremos apenas eu e você.

Cátia lembrou-se do que sentira ao vislumbrar o quarto ao lado. Quem quer que fosse viver ali, trazia uma paz ao seu coração que antes ela desconhecia... Não podia explicar.

Resolveu concentrar-se nas informações de Tadeu.

Ele sorriu, e Cátia percebeu que usava um dente de ouro. Então, ao observá-lo pela primeira vez com mais atenção, percebeu que ele provavelmente tinha menos idade do que aparentava. Possuía uma barba rala e cabelos grisalhos, e em seu pescoço havia uma tatuagem estranha.

Tadeu voltou a falar, ao vislumbrar a expressão aturdida da jovem:

– Sabe, Cátia, a vida aqui é boa. É cheia de regras, entretanto. Você se acostumará com todas elas e, quando menos perceber, estará pronta para a travessia.

Vendo novas indagações formarem-se no rosto da moça, ele completou:

– Não tenha pressa. Tudo a seu tempo. Logo você terá as respostas de que precisa. Agora, vamos caminhar. Quero lhe mostrar o centro da cidade, ele não fica longe de nosso conjugado.

Cátia e Tadeu começaram a andar pela calçada que ladeava a rua de paralelepípedos. A jovem ia observando tudo ao seu redor, cada vez mais estupefata com o número de conjugados que havia ali, cada um com suas características próprias. Também notou que havia muitas pessoas naquele lugar. E, pelo trajeto, viu mais uma ou duas pessoas vestindo um traje semelhante ao seu – e Tadeu explicou que se tratava de outros "recém-chegados".

Após alguns instantes em silêncio, dando o tempo necessário para que Cátia absorvesse as inúmeras informações ao seu redor, Tadeu começou a falar:

– E o espelho? Ele lhe causou calafrios?

Cátia permanecia sem fala, de modo que ele continuou:

– Não se importe. O espelho causa espanto em todos os recém-chegados. Logo você saberá lidar com ele.

Ele sorria conforme caminhava ao lado da moça. Ao dobrarem uma esquina e atingirem uma nova avenida, mais larga, que cruzava inúmeras ruas, Cátia visualizou algo ao longe. Algo maravilhoso. Não tinha como desviar a visão daquela imagem perfeita.

A jovem parou de andar. Tadeu também parou ao ver o que chamara a atenção de Cátia.

– É o Santuário. É perfeito aos nossos olhos. Só de contemplá-lo, sentimos uma paz capaz de afugentar qualquer temor.

De fato, a dor no peito, o tormento de não ter memória alguma... Tudo havia sumido. Tudo o que Cátia queria e podia fazer era olhar... O Santuário ficava em cima da mais bela e alta colina, pertencente à cadeia de montanhas que rodeava a estranha e linda cidade. Era belo, brilhava. Suas cores, branco e dourado, iluminavam tudo ao redor, como se ele fosse seu próprio sol.

Cátia ficou, por uma fração de tempo da qual não teve consciência, observando aquela arquitetura maravilhosa. Contudo, ele parecia tão longe, tão distante, inalcançável...

Como se houvesse ganhado novamente a força e o ânimo para a vida, ela virou-se para Tadeu e, pela primeira vez, indagou:

– O que é o Santuário? Por que ele é tão belo e distante? O que é esta cidade, aquele conjugado onde vivemos, esta roupa que estou usando? Por que meu coração está em uma caixa e, em meu frio e estranho quarto, há uma imagem repugnante de mim mesma presa em um espelho? Aliás, antes de tudo, quem sou eu, e o que faço aqui?

Tadeu esboçou um amplo sorriso. Contudo, antes que pudesse dizer qualquer coisa, uma música preencheu tudo ao redor.

Cátia foi absorvida por aquela melodia celestial, que percorria todas as ruas da cidade. Não havia músicos ou instrumentos... Apenas melodia. Era como se milhares de harpas flutuantes e invisíveis estivessem por todos os cantos da cidade.

Olhou, então, para o Santuário, e percebeu que ele se elevara ainda mais, e que suas maravilhosas portas haviam sido abertas. A luz dourada que se desprendia do Santuário tornou-se infinitamente mais expressiva, recobrindo toda a cidade com a luz. Cátia sentiu-se inebriada com a paz daquela música e daquele clarão. Mais dúvidas a consumiam, mas agora tudo o que era capaz de fazer era concentrar-se em absorver a paz da divina melodia e do clarão vindo do belíssimo e inalcançável Santuário. Tadeu contemplava tudo com ar feliz, como se aquilo tudo fosse absolutamente normal.

4

As explicações de Tadeu

A música maravilhosa e o clarão esplêndido logo se dispersaram no ar, e a cidade voltou ao normal. O Santuário fechou suas portas e permaneceu impenetrável e magnífico em sua inalcançável plenitude. Divino aos olhos de qualquer espectador.

Tadeu observou Cátia por um momento. Ela parecia extasiada com tudo que acontecia à sua volta.

– Venha – ele disse –, estamos quase chegando à praça. Ao redor ficam muitos prédios que quero lhe mostrar, que são fundamentais para você compreender o que é este lugar e qual sua função nele, ou seja, quem é você.

Ansiosa por respostas, Cátia resolveu segui-lo até a tal praça. Ela fitava tudo ao redor, agora mais acostumada com a excentricidade que lhe cobria a vista. A cidade, com suas ruas e construções semelhantes, era aconchegante, e a cadeia de montanhas era linda e dava uma grande sensação de liberdade, principalmente por, em seu cume mais esplendoroso, situar-se o Santuário.

Cátia não precisou abrir a Caixa Sagrada para ter certeza de que seu coração, de uma forma misteriosa, batia feliz, sentindo-se em casa.

Caminharam mais um pouco, então novas construções surgiram à sua vista. Os conjugados foram rareando e, logo, conforme previsto, ela avistou uma bonita e simpática praça.

– Aqui é o centro comercial de nossa cidade. Vamos nos sentar – disse Tadeu, indicando um dos bancos da praça.

– Ali é a prefeitura – falou o simpático senhor, apontando para um lindo e arejado prédio branco. – Você deverá apresentar-se lá o mais cedo possível, fazer seu cadastro, e então participará de uma cerimônia.

– Cerimônia? – perguntou Cátia.

– Sim. Antes, as cerimônias dos recém-chegados aconteciam uma vez por semana, mas agora, como muitas pessoas estão chegando à cidade, elas ocorrem todos os fins de tarde.

– Como são essas cerimônias?

– Você verá mais tarde. Elas acontecem aqui na praça mesmo. Basicamente funcionam para designar seu ofício.

Vendo a expressão de dúvida na face da amiga, Tadeu explicou-se melhor:

– Cada um em nossa cidade tem um ofício de acordo com suas próprias características. A cidade funciona em paz porque todos cumprem seu ofício de forma feliz, visto que cada um aqui faz o que mais ama. É o coração que dita o ofício da pessoa e, portanto, ele é único.

– Mas por que temos que carregar nossa Caixa Sagrada o tempo todo?

– O nome diz tudo – explicou Tadeu. – Ela é sagrada, é como um tesouro. Ouça, Cátia, nós não sabemos o que existe além de nossa cidade, nem se há outros mundos. Aqui é como um ciclo sem fim: as pessoas chegam, surgem, aparecem misteriosamente sem explicações... Cumprem seus ofícios ao longo dos séculos e, ao mesmo tempo, cuidam de seus corações. Então, um dia, os corações se tornam sadios e livres de qualquer marca ou doença, e, nesse dia, a pessoa faz a travessia.

– Uma coisa de cada vez – interrompeu-o Cátia, em tom bem-humorado. – Para começar, séculos?

– Sim – respondeu Tadeu em tom cordial. – Antes da travessia, cada um passa alguns séculos em nossa cidade.

– E a aparência da pessoa muda ao longo dos séculos?

– Não. Apenas a do seu coração.

– Certo – continuou Cátia –, então vamos para a próxima pergunta: como se cuida de um coração?

– Aí reside a maior maravilha de todas: não há um jeito exato.

– Isso não tem nada de maravilhoso! Como vou fazer meu coração melhorar se não sei como proceder?

– É maravilhoso, sim, minha amiga – disse Tadeu. – Você compreenderá com o tempo. Cada um, ao longo dos séculos, descobre como cuidar de seu coração. Por isso não existe uma fórmula: é algo único, individual.

Sem compreender ao certo, Cátia foi para a próxima pergunta:

– E o que é essa tal travessia?

– Quando os corações se tornam sadios, a pessoa parte de nossa cidade. É um dia triste, de despedida, mas, ao mesmo tempo, é o momento que todos aguardamos. Mais cedo, quando vimos aquele clarão vindo do Santuário e ouvimos aquela música celestial, tratava-se de um momento de travessia.

– Como assim?

– Alguém fez a travessia naquele exato instante. E, todas as vezes em que isso ocorre, o mesmo cenário esplendoroso se forma sobre toda a cidade. Não sabemos o que nos aguarda, ninguém nunca voltou para contar. Mas temos a certeza de que é algo magnífico. Afinal de contas, apenas no momento da travessia podemos entrar no Santuário. Fora isso, nem tente se aproximar dele. É impossível; ele é inatingível.

– E o espelho? – perguntou Cátia, lembrando-se de sua estranha e pavorosa imagem presa.

– Nossos corações não são o único sinal de nossa doença interior. A imagem presa no espelho de cada um é o reflexo verdadeiro da doença de nossos corações em nossa alma. Não há como fugir da verdade quando se olha para aquele espelho. Sabemos que, quando a pessoa faz a travessia, seu espelho fica vazio. Aquela imagem nada mais é que nossa prisão individual; nossa verdade revelada.

Cátia achava tudo complexo e assustador, mas já sentia-se à vontade na presença do simpático senhor.

– Posso ver o seu coração? – ela ousou pedir.

– Claro.

Tadeu abriu sua própria Caixa Sagrada, e Cátia, mais uma vez, deparou-se com algo terrível.

O coração de Tadeu era pequeno. Muito reduzido e, o mais assustador, endurecido. Era exatamente como uma pedra. Ele continuava a pulsar, com força extrema a cada batida, como se não tivesse motivos para viver...

– É estranho, eu sei, mas, acredite, ele era bem pior. Tenho trabalhado duro e ele já tem apresentado algumas melhoras. Agora venha, vamos caminhar mais um pouco.

Ao longe, um apito de trem continuava a soar, como se o veículo deslizasse ligeiro sobre os trilhos. Aquele apito chegava aos ouvidos de Cátia trazendo uma agradável e nova sensação.

5

O museu dos corações

Ao redor da prefeitura havia diversos prédios. Tadeu foi explicando, conforme apontava para as construções:

– Ali temos a biblioteca; a Universidade dos Corações; o restaurante; a pista de patinação; a sede da rádio...

Algo chamou a atenção de Cátia:

– Que prédio maravilhoso! – ela exclamou.

– Sim – respondeu Tadeu, olhando na mesma direção que a amiga. – Vamos entrar.

O prédio era azul-claro, até parecia um pedacinho do céu. Cátia e Tadeu avançaram até o seu interior, ela cada vez mais maravilhada.

– Aqui é o museu dos corações – ele explicou.

De fato, havia corações por toda parte naquele local. E, ao centro do amplo e lindo salão azul, um coração em tamanho gigante. Ele era maior que Cátia ou Tadeu, e pulsava forte, flutuando a alguns centímetros do chão.

– Ele é sadio. Assim como todos os outros menores que aqui estão. São exemplos daquilo que buscamos. Quando nos esquecemos de nossa verdadeira razão de existir, basta vir ao museu dos corações e admirar todos esses belíssimos exemplos. Você notou que cada coração aqui é diferente? É porque, embora semelhantes, os corações são únicos... Você vai reparar, quando conhecer mais pessoas na cidade, que cada coração doente também tem suas marcas específicas. A doença é diferente em cada um. Aliás, vou lhe mostrar um belo exemplo agora mesmo.

Dizendo isso, Tadeu fez sinal para que um homem, que estava a alguns metros deles, se aproximasse. Ele era baixinho, usava óculos e tinha um espesso bigode.

– Esse é o Rubens. Ele é o responsável pelo museu, segundo o ofício que lhe foi designado há alguns séculos. Somos muito amigos, e ele não se importará em mostrar-lhe o coração, para que você tenha noção das diferenças e especificidades de que tenho lhe falado. Não é mesmo, Rubens?

– Absolutamente – disse o responsável pelo museu, que era extremamente simpático. – Será um prazer mostrar-lhe meu coração.

Então ele abriu a Caixa Sagrada que carregava consigo. Ao contemplar o órgão no interior da caixa, Cátia não pôde deixar de emitir um grito de pavor. O coração na caixa dourada de Rubens estava tomado por larvas. Dezenas o rodeavam, digerindo as fibras cardíacas e percorrendo túneis milimétricos escavados em todo o coração. Era pavoroso.

Cátia, ainda assustada, agradeceu ao homem e observou mais um pouco ao redor. Então ela e Tadeu saíram do prédio em que ficava o museu. Ela estava aliviada por não precisar contemplar aquelas larvas por mais nenhum segundo sequer.

Conforme a jovem pediu, entraram na prefeitura, e ela fez o registro de recém-chegada, garantindo sua participação na cerimônia que iria ocorrer ao final daquela tarde.

O prefeito era extremamente atencioso e simpático. Chamava-se Lufindo. Recebeu a recém-chegada com um amplo sorriso e logo lhe deu um demorado abraço.

– O período da criação é sempre o mais difícil. Logo você estará adaptada à vida em nossa cidade – disse Lufindo.

– Período da criação? Vocês usam cada termo! – riu Cátia.

O prefeito também esboçou um riso, e completou:

– O período da criação é justamente este pelo qual você está passando, enquanto ainda é uma recém-chegada e as dúvidas são maiores do que você consegue suportar. Tenha certeza de que em breve tudo fará sentido. E jamais esqueça a data de hoje. Ela é o dia de sua criação, ou chegada, como queira dizer. Espero que comemore esta data com muita alegria ao longo dos séculos em que viver aqui.

Cátia adorou o prefeito. Era um homem delgado e careca, de expressões bondosas e serenas, e também carregava uma Caixa Sagrada.

Despediram-se. Então, a jovem e Tadeu continuaram a caminhada pela adorável cidade.

À medida que caminhavam, Cátia ia se sentindo estranhamente familiarizada com tudo ao seu redor. Algumas imagens, cenas ou pessoas pareciam lhe trazer memórias... Era como se certas coisas despertassem ressonâncias profundas em seu ser. Contudo, ela de nada se lembrava claramente, e pôde apostar que era assim com todos naquele lugar. Em algumas circunstâncias podia sentir seu coração saltar dentro da caixa.

Todas as respostas estavam dentro de seu próprio ser, e no fundo de seu coração. Mas levaria um tempo até que ela soubesse de tudo isso.

Pelo caminho, depararam-se com uma simpática loja, e Tadeu explicou que ali era a floricultura da cidade. Cátia quis entrar e comprar um vaso para adornar seu frio e cinzento aposento.

– Uma ótima ideia – respondeu Tadeu.

– Porém, como posso realizar uma compra? – quis saber a jovem, ainda tentando entender aquela estranha cidade.

– Com dinheiro, é claro! Este vaso eu lhe darei de presente. Você terá seu próprio dinheiro à medida que realizar seu ofício.

Cátia, pela primeira vez, percebeu que estava nervosa com a cerimônia que aconteceria em poucas horas, e que a direcionaria para o ofício que exerceria por séculos na cidade.

A recém-chegada observou com atenção cada um dos vasos da floricultura. Eles eram encantadores. Seu coração parecia feliz, e alguma memória adormecida, que Cátia não saberia explicar de onde vinha, lhe dizia que ela nunca parara para observar a beleza e a suavidade de uma flor antes.

Pensou estar maluca com tal "lembrança"... Como aquela sensação poderia ser chamada de memória? Antes de surgir naquela cidade, ela provavelmente não existia. Ou será que viera de algum outro local? Era tudo demasiadamente complexo.

Escolheu seu vaso e Tadeu ficou alegre em comprá-lo para a nova amiga.

A dona da floricultura, pelo que Cátia pôde notar, era uma simpática senhora chamada Mona.

– Boa tarde, minha querida – ela disse alegremente para Cátia. – Vejo que é uma recém-chegada! Espero que volte para buscar mais flores... Meu ofício em nossa cidade é ser dona da única floricultura que existe e cuidar das flores com devoção e amor.

– Vejo que tem cumprido muito bem seu ofício – respondeu a jovem. – Suas flores são lindas!

Após um papo agradável com Mona, Cátia e Tadeu voltaram para o conjugado.

As flores realmente trouxeram vida e brilho ao quarto de Cátia, e ela alegrou-se ao ver que já estava chegando o momento de se preparar para sua cerimônia. Antes de sair, lançou um olhar ao espelho. A simples presença do objeto a atormentava. E contemplar a si mesma, presa de forma repugnante naquela imagem, era ainda mais pavoroso.

A jovem saiu de seu quarto e viu que Tadeu já a aguardava ao lado de fora, sorrindo.

Lançou um olhar para o quarto à direita, ao lado do seu... A sensação estranha e perturbadora voltou. Era como se seu coração quisesse contar-lhe algo. Como se aquele quarto guardasse algo para Cátia, em um futuro não muito distante.

Desviando o pensamento, com a Caixa Sagrada nas mãos e trajando a maravilhosa veste dourada, Cátia entrelaçou um dos braços ao de Tadeu e eles seguiram em direção à praça.

6

A cerimônia dos recém-chegados

Com grande expectativa, Cátia chegou à praça da cidade, onde, mais cedo, tivera uma agradável conversa com Tadeu. O simpático senhor a acompanhava, ambos com suas Caixas Sagradas nas mãos.

Cerca de quinze pessoas, com roupas douradas maravilhosas iguais às de Cátia, estavam no centro da praça. Ela percebeu que eram os demais recém-chegados, que também participariam da cerimônia.

Juntou-se a eles e aguardou.

Em instantes, uma comitiva saiu da prefeitura, atravessou a rua e caminhou em direção ao círculo formado pelos recém-chegados em meio à praça. Cátia reconheceu Lufindo, o simpático prefeito com quem conversara mais cedo.

Alguns de seus acompanhantes tocaram trompetes, marcando o início da cerimônia.

– Prezados amigos aqui presentes – começou a dizer Lufindo –, estamos no momento mais especial e aguardado de nossas tardes: a cerimônia dos recém-chegados! É sempre com grande alegria que recebemos novos moradores na cidade.

Cátia reparou que, assim como ela, os demais também pareciam nervosos e apreensivos.

Lufindo continuou seu discurso:

– Em nossa cidade, cada cidadão exerce um papel único e fundamental para a vida da comunidade. Esta cerimônia é simples, porém crucial, pois ditará o ofício de cada um de vocês e assim, consequentemente, o papel que desempenharão durante séculos servindo nossa cidade e, de forma particular, cuidando de seus corações, até que melhorem e vocês possam fazer a travessia.

Todos aplaudiram com entusiasmo.

– Chamarei cada um de vocês pelo nome de criação, o nome que adorna cada uma de suas Caixas Sagradas. Peço que, um a um, venham até mim.

Lufindo enunciou o primeiro nome.

Um rapaz foi até ele e, segundo instruções, abriu sua Caixa Sagrada.

Para surpresa de Cátia, a caixa foi aberta não em direção ao prefeito, mas em direção a outro homem que estava o tempo todo ao seu lado.

– Este, meus amigos – explicou o prefeito Lufindo, apontando para o homem ao lado –, é o Oráculo de nossa cidade. Ele tem como ofício guiar cada recém-chegado ao seu próprio ofício. É tarefa de grande responsabilidade, mas, acreditem, ele já guiou milhares de recém-chegados e não errou com um sequer. Isso porque, na verdade, os ofícios são designados pelos próprios corações. Ele apenas os interpretará e guiará.

O Oráculo, então, fitou com grande concentração o interior da Caixa Sagrada do recém-chegado que estava à sua frente. Passados alguns minutos, disse, com grande convicção:

– Você será um pesquisador no laboratório de nossa Universidade dos Corações.

O recém-chegado sorriu e, então, o próximo foi chamado.

Logo, Lufindo proferiu:

– Cátia!

Apreensiva, ela dirigiu-se ao centro do círculo dos recém-chegados e deteve-se diante do prefeito e do Oráculo.

Sem que fosse necessário dizer-lhe como proceder, ela abriu sua Caixa Sagrada de modo que o Oráculo pudesse contemplá-la de perto.

Ele observou a caixa de Cátia por vários minutos. O coração com manchas negras pulsava em seu interior.

Então o Oráculo fez algo inusitado. Desviou o olhar da caixa, para dentro dos olhos da jovem, e os contemplou por muito tempo.

Todos os demais permaneciam em absoluto silêncio.

Após muito refletir, o Oráculo anunciou:

– Você será atendente dos vagões de nosso trem!

Cátia fechou a Caixa Sagrada e voltou para o círculo dos recém-chegados, sem entender ao certo o que estava sentindo ao descobrir seu ofício.

Os demais recém-chegados foram chamados e, um a um, atendidos pelo Oráculo.

Em seguida, o prefeito Lufindo disse calorosas palavras de incentivo e otimismo e decretou a cerimônia encerrada.

Cátia e Tadeu caminharam em direção ao conjugado onde viviam. Como a jovem permanecia em silêncio, o senhor resolveu arriscar:

– O que me diz? Ficou feliz com seu ofício?

– Não sei ao certo – ela respondeu com sinceridade. – Não sei exatamente o que esperar dele.

– Será um ofício maravilhoso, não há nada que qualquer cidadão de nossa cidade ame mais que um belo passeio de trem.

Cátia, mais uma vez, não compreendeu ao certo; então Tadeu tratou de explicar-se:

– O trem é a grande atração de nossa cidade. Ela se localiza em um vale, cercada por extensas cadeias montanhosas. O trem corta as montanhas e seu trajeto é circular, justamente em torno de toda a cidade. Os cidadãos, assim como eu mesmo, adoram pegar o trem e observar a bela paisagem, que sempre ajuda em nossas reflexões e nos intui sobre o caminho certo para a cura de nossos corações. Além do mais, o trajeto do trem nos permite uma visão privilegiada do Santuário. É um passeio belíssimo.

Mais animada com o ofício que recebera, Cátia resolveu perguntar:

– E o que há além das cadeias de montanhas? Haverá outras cidades, outras pessoas, outros mundos?

– Não temos conhecimento da existência de forma de vida alguma além de nossa cidade – respondeu Tadeu, como sempre, com alegria. – É impossível ir além das montanhas. Muitos já tentaram, mas sempre acabam voltando. Dizem que as cadeias montanhosas são infinitas em sua extensão.

Cátia não se contentou com aquelas explicações; entretanto, precisou interromper suas inquietações por hora. Afinal, tantas dúvidas chegavam a causar-lhe medo e desconforto, e ela queria ficar bem para o primeiro dia de trabalho.

Despediu-se de Tadeu e entrou em seu quarto.

Ele estava exatamente como ela havia deixado: a cama e o armário vazios; a mesa de centro decorada com o vaso de flores que ganhara do amigo; e o repugnante espelho, que se estendia do teto ao chão do aposento.

Aproximou-se e viu mais uma vez a si própria, sentada e encolhida no fundo da imagem. Parecia fora de consciência, olhava fixamente para o vazio, e prendia com força os joelhos contra o corpo, como se sentisse medo e pavor. Teve pena de si mesma ao lembrar-se da explicação de Tadeu sobre aquele espelho:

"A imagem presa no espelho de cada um é o reflexo verdadeiro da doença de nossos corações em nossa alma. Não há como fugir da verdade quando se olha para aquele espelho. Sabemos que, quando a pessoa faz a travessia, seu espelho fica vazio. Aquela imagem nada mais é que nossa prisão individual; nossa verdade revelada."

Se aquela era sua verdadeira imagem, sua alma, como dissera o amigo, ela teve certeza de que realmente levaria muitos séculos até que salvasse a si própria.

Não podia perder mais tempo.

Deitou-se na cama, com a Caixa Sagrada ao seu lado, e logo pegou no sono.

7

O belíssimo passeio de trem

Em seu segundo dia de criação, Cátia acordou bem disposta e logo saiu do quarto.

Tadeu, por sua vez, saiu do aposento acima e foi recebê-la:

– Bom dia, minha amiga, como passou a noite?

– Muito bem! Adormeci rapidamente – respondeu Cátia, muito mais confiante e confortável que no dia anterior.

– Que bom – completou o senhor. – Então, antes de ir trabalhar, você precisa se alimentar muito bem. Sou suspeito para falar, mas quero levá-la à melhor padaria desta cidade.

Cátia fitava o amigo com curiosidade, e ele continuou:

– É a única padaria, na verdade, mas é excelente! Ontem não lhe contei muito sobre mim. Eu sou o padeiro da cidade!

Então, com grande entusiasmo, os dois, carregando suas Caixas Sagradas, foram até a padaria, onde Tadeu cumpria seu ofício.

Pelo caminho, o senhor foi narrando a Cátia como fora sua cerimônia há cerca de um século, e como era ser o padeiro da cidade. Eles passaram por lindos conjugados, viram a Universidade dos Corações, e, de alguns pontos, de acordo com a vista entre as extensas cadeias de montanhas, Cátia podia ver o Santuário e, em silêncio, entregar-se à sua beleza e plenitude.

A padaria de Tadeu era maravilhosa; havia quitutes de diversos tipos, pães, tudo parecendo delicioso. Cátia, como convidada especial do padeiro, pôde servir-se do que desejasse. Então, após uma apetitosa refeição, despediu-se de Tadeu e foi até a estação de trem, indicada pelo amigo.

Conforme andava sozinha pelas ruas, Cátia não pôde deixar de notar que tudo era igual, mas diferente. Estranho. Como poderia ser?

Na verdade, cada conjugado era exatamente igual ao outro, mas traços os definiam como únicos. Lembrou-se do próprio conjugado, de quatro quartos.

Quando chegariam as outras duas pessoas que teriam afinidade com ela e Tadeu? Por que seu coração batia de forma diferente toda vez que ela contemplava o quarto à direita? E como seria possível decorar, colocar janelas, mudar a cor das paredes dos conjugados?

Tudo ali era um mistério, assim como ela própria, sua criação e sua existência. Continuou a caminhar, segurando fortemente a caixa dourada junto ao corpo. Logo avistou a estação de trem.

Não foi preciso que se apresentasse. Ao vê-la com o traje dourado que a marcava como uma recém-chegada, o maquinista correu ao seu encontro:

– Bem-vinda! Soube que você será nossa atendente! O trabalho aqui é simples. Você deve circular pelos vagões e prestar qualquer tipo de auxílio de que nossos clientes necessitem: indicar o vagão-restaurante, indicar os banheiros, informar o tempo do trajeto, apontar os principais pontos pelos quais passamos, enfim, auxiliar de forma geral. Não se preocupe, em alguns dias você estará familiarizada com tudo. Aqui está o seu crachá.

Ele entregou-o a Cátia, que o colocou no pescoço. Era um crachá simples, que dizia: Cátia, atendente geral dos vagões. Feliz com o ofício recebido, a moça continuou fitando o curioso maquinista:

– Desculpe-me, esqueci de me apresentar. Sou muito agitado e, às vezes, atropelo as informações. No fundo, acho que é por isso que sou o maquinista da cidade: passo os séculos dirigindo, para aumentar minha paciência, e assim aprender a dirigir minha própria vida com mais calma. Sou Renê.

– Você já aprendeu muito com seu ofício, Renê – observou Cátia.

– Sim, é um ofício encantador. Você ficará maravilhada com as paisagens que percorreremos. Mas, embora tenha aprendido muito, meu coração ainda está longe de ser curado. E estou aqui há quatro séculos!

Dizendo isso, abriu a própria Caixa Sagrada e mostrou seu coração a Cátia. Ela assustou-se ao ver que o coração de Renê possuía ervas daninhas que brotavam de seu ventrículo esquerdo e recobriam quase a extensão toda do órgão, como se fossem parasitas.

Ele tornou a fechar a caixa e distanciou-se.

Cátia o observou por alguns instantes. Era um homem moreno, de meia-idade, extremamente simpático, porém muito agitado e espalhafatoso. Compreendeu tudo o que ele havia dito há alguns instantes e percebeu que, mesmo ciente do que precisava fazer para curar seu coração, Renê travava uma luta diária consigo mesmo para corrigir os próprios defeitos. Ela ainda nem havia descoberto quais eram os seus. Tinha um longo caminho pela frente.

Cátia percebeu que havia se esquecido de fazer uma pergunta importante, então correu até Renê, que estava prestes a entrar no trem e iniciar o passeio.

– Renê! Por favor, responda-me uma coisa!

– Claro, minha cara.

– Percebi que você e os outros funcionários do trem usam uniformes. Onde posso pegar o meu?

– Vejo que me esqueci de falar-lhe o principal! – riu-se Renê. – Desculpe-me mais uma vez. É bom que se acostume com meu jeito. Bem, você ainda não pode se desfazer de seu traje de recém-chegada. Trabalhará conosco por tempo indeterminado como uma recém-chegada, a veste que usa é símbolo disso. Então, quando estiver pronta, seu uniforme chegará a seu conjugado e você passará a ser uma trabalhadora efetiva em nossa cidade.

– Ninguém havia me dado essa informação – disse Cátia, desapontada.

– Fico feliz em saber que não sou o único que se esquece de dizer coisas importantes.

– Mas por muito tempo ainda serei uma recém-chegada?

– Não há como dizer. Alguns se adaptam tão bem ao ofício designado que, em poucos dias, tornam-se efetivos. Outros levam quase um século.

– E quem fiscaliza isso? Como saberão que estou pronta para ser uma efetiva? Quem enviará meu uniforme?

– Seu coração, é claro! – respondeu Renê, com seu jeito atrapalhado.

– O quê? – questionou Cátia, assustada.

– Minha amiga, de todas as estranhas informações que têm sido dadas a você, tenha certeza de não se esquecer da principal: quem governa tudo aqui não é o prefeito Lufindo, são os nossos corações. Eles ditam tudo, o rumo de nossas vidas, nossos ofícios, vizinhos, a forma de nossos conjugados, nosso tempo de permanência na cidade e tudo mais.

Percebendo que Cátia queria fazer mais perguntas, ele interrompeu-a:

– Seu coração se adaptará ao ofício e saberá mais que ninguém a hora em que você terá se entregado completamente à nova tarefa, podendo ser uma efetiva. Assim, ninguém enviará seu uniforme, mas ele aparecerá à sua porta. Agora, entre no trem, já estamos atrasados para o passeio.

Em alguns instantes, as rodas do trem começaram a girar, e logo ele começou a deslizar pelos trilhos.

Cátia ajudou os passageiros a ocuparem seus assentos e começou a percorrer os vagões, caso alguém precisasse de ajuda.

Percebeu que havia outras pessoas trajando a mesma veste dourada que ela e tranquilizou-se ao constatar que havia muitos recém-chegados na cidade. Não pôde deixar de notar também que inúmeras pessoas ocupavam todos os vagões. O trem era, de fato, o grande atrativo da cidade.

Como era sua primeira volta, Cátia permitiu-se observar a paisagem com atenção. Em instantes, ficou maravilhada.

O trem, logo no início do trajeto, subia uma serra, dirigindo-se às montanhas. Ela sentiu-se no céu. Podia jurar que as nuvens estavam cada vez mais próximas.

Cruzaram lindas montanhas altíssimas, a perder de vista. Passaram por lagos preguiçosos que deitavam aos pés da cordilheira, e por cachoeiras esplêndidas que se desprendiam do topo das montanhas e perdiam-se, sem fim, terra abaixo. Ao longe, podia contemplar a cidade como um todo. Ela era de fato circular, construída no extenso vale que se formava entre as montanhas. Era maravilhosa ao longe.

Foi então que tudo se tornou ainda mais belo. No cume da mais maravilhosa montanha estava ele: o Santuário. Conforme Tadeu dissera, o passeio de trem realmente fornecia uma vista privilegiada daquela celestial arquitetura. Entretanto, ela ainda era inalcançável em sua plenitude.

Cátia contemplou o Santuário, extasiada, mais ainda que no dia anterior. Ele parecia ainda mais dourado, e seu brilho refletia ao redor. Estava, de fato, sobre o topo da mais linda e alta montanha, entretanto às vezes parecia flutuar. Era belo e inatingível; perfeito aos olhos.

Então Cátia teve sua atenção distraída por um homem que necessitava de uma informação. Seu coração, contudo, dentro da caixa que ela levava consigo, batia feliz: ganhara um lindo ofício e muito aprenderia com ele.

Observando com atenção os passageiros, Cátia percebeu que cada pessoa era única. Por trás de cada olhar havia uma história para ser contada e um coração a ser remendado. A beleza daquele passeio não estava apenas na exuberante paisagem ao redor. A beleza estava também ali, dentro de cada vagão. A beleza estava em cada pessoa, em cada vida, em cada história. Cátia ainda tinha muito a aprender.

8

Um coração que sangra e outro que queima

Em seu terceiro dia na cidade, Cátia, ao abrir a porta pela manhã, levou um baita susto; havia pisado em algo.

Era um bonito embrulho, de cores fortes e vivas.

Imediatamente ela o abriu e, para sua surpresa, era seu uniforme de atendente do trem!

Não podia ser... Renê disse que levaria alguns dias, pelo menos, e ela só havia trabalhado um único dia. Além disso, o maquinista fora claro ao dizer que o tempo seria indeterminado até que ela se tornasse efetiva em seu ofício. Para alguns, poderia demorar quase um século!

– Eu sabia que você era especial – disse Tadeu, que se aproximava.

– Eu não compreendo – respondeu Cátia. – Como pude receber meu uniforme com apenas um dia de serviço?

– Não importa o tempo – disse Tadeu, sorrindo. – Curto ou longo, foi o período de que seu coração precisava para reconhecer o ofício e executá-lo com toda a sua força. Mas estou admirado, nunca ouvi falar de alguém que tenha se tornado efetivo em apenas um dia!

Orgulhosa, Cátia entrou e vestiu o uniforme, que era um conjunto de saia azul-marinho rodada, blusa branca de botões e um lindo chapéu em tom de azul-escuro. Ela ficou muito bonita.

Guardou com cuidado a veste dourada no armário. Tinha muito carinho por seu traje de recém-chegada, ele era maravilhoso.

Cátia saiu do quarto com a Caixa Sagrada nas mãos, vestindo seu belo uniforme de atendente dos vagões do trem. Tadeu a observava com orgulho.

– Isso significa que, a partir de agora, quando receber seu primeiro salário, você pode ir até o centro comercial e comprar roupas do seu gosto.

– Isso é, de fato, empolgante, mas sentirei saudades do meu traje de recém-chegada.

– Todos sentem. Aquele traje parece dos deuses. Quem sabe um dia ainda o usaremos?

Os amigos conversaram animadamente pelo caminho, até que Tadeu dobrou uma esquina, rumo à padaria, e Cátia continuou o caminho sozinha até a estação.

Quando chegou ao local, causou espanto em todos, principalmente em Renê, que, com seu jeito espalhafatoso, fez um alegre alvoroço ao ver que a amiga já trajava o uniforme, e era agora, como os demais funcionários do trem e da estação, uma efetiva em seu ofício.

Conforme o trem deslizava sobre os trilhos e percorria as mais belas paisagens que se pode imaginar, levando seus passageiros a quase tocarem o céu, o tempo também transcorria em seus próprios trilhos.

Cátia era muito inteligente e tinha boa vontade para com seu ofício, de modo que, em poucos dias, aprendeu tudo sobre a tarefa e passou a conduzir os passageiros da melhor forma possível.

Pensava em como o Oráculo era, de fato, muito sábio; acertara ao designar seu ofício. Embora as manchas negras em seu coração permanecessem inalteradas, ela sabia que, de alguma forma, o órgão batia mais feliz, e que o deslizar do trem, em breve, lhe permitiria descobrir como curar seu coração.

Em uma bela e convencional tarde, enquanto percorria os vagões, Cátia encontrou uma senhora simpática, que podia jurar conhecer.

A senhora sorriu em sua direção, dizendo:

– Olá, querida, como estão suas flores?

Cátia também sorriu, ao lembrar-se que se tratava de Mona, a dona da floricultura da cidade.

– Estão lindas! Elas são responsáveis por trazer cor e vida ao meu quarto cinzento... – respondeu Cátia.

– Fico feliz. A chegada de qualquer pessoa é sempre difícil.

– Por que diz isso?

– Porque vejo que, embora tenha se tornado uma efetiva de forma muito rápida – continuou Mona – você ainda não está completamente adaptada à nossa cidade.

– Muitas questões passam por minha cabeça – desabafou Cátia, sentando-se ao lado da simpática senhora.

– Da minha também. E saiba que estou aqui, cuidando das flores, há dois séculos e meio! Mas não se prenda às dúvidas, minha querida.

– Sabe, dona Mona, meu coração está feliz em seu ofício, embora suas manchas ainda não apresentem melhora. Contudo...

Ela fez uma longa pausa. Nunca havia falado sobre aquilo com ninguém, nem consigo mesma. Não sabia se era capaz de traduzir em palavras o que sentia.

Mona a observava, encorajando-a a falar. Ela tomou coragem e continuou:

– Contudo, meu coração não está em paz. E sei que não se trata de sua doença física, de suas manchas... Ele busca algo, espera por algo, que eu não sei o que é...

Com muita paciência, Mona respondeu:

– Você já pensou, minha querida, que talvez seu coração não busque algo, e sim alguém...?

– Eu não compreendo – disse a jovem.

– O meu coração só ficou em paz, e eu pude, então, começar seu processo de cura, quando o quarto ao lado do meu, em meu conjugado, foi ocupado pelo Francisco.

Cátia lembrou-se do quarto à direita. Ele sempre lhe causava uma sensação estranha. Talvez o que Mona estava dizendo fizesse algum sentido.

– E quem é o Francisco?

– É o meu namorado – respondeu a doce senhorinha. – Nós seguimos juntos, curando nossos corações. Pelas manhãs e tardes nos separamos, eu cuido das flores e ele trabalha como pescador em um dos lagos que corta as montanhas, mas, ao chegarmos de nossos ofícios, sempre nos reunimos para uma gostosa caminhada na praça. A vida é mais fácil desde que Francisco chegou, e a cura para meu coração é mais acelerada se ele está ao meu lado.

– Que linda história – respondeu Cátia, emocionada, perguntando-se quem ia viver no quarto à direita. Então, mudou os pensamentos e fez uma nova pergunta a Mona: – Um amigo me disse que cada coração aqui tem uma doença específica. O meu possui manchas negras; o desse meu amigo, o Tadeu, é pequeno e endurecido como uma pedra; o coração do maquinista do nosso trem, o Renê, possui ervas daninhas em toda sua extensão; e também vi o coração do Rubens, responsável pelo museu... o dele possui larvas, que digerem suas fibras aos poucos. E o coração da senhora, como é?

Ainda com um sorriso na face, Mona abriu delicadamente a caixinha que levava consigo. Cátia pôde vislumbrar seu coração.

Era grotesco de ver. Ela jamais poderia dizer que aquele coração pertencia a uma doce e amável senhora como Mona. Imaginava como ele devia ter sido quando Mona chegara à cidade, há dois séculos e meio, pois, nesse tempo todo, já devia ter melhorado. Ainda assim, não era nada agradável contemplá-lo.

Ele sangrava.

Sangrava o tempo todo, sem parar.

O sangue preenchia a Caixa Sagrada de Mona por completo, e depois o coração reabsorvia aquele sangue todo e voltava a derramá-lo. Era de um vermelho vivo assustador.

Mona fechou a caixa e olhou para as montanhas:

– Veja – disse. – Aquele é o meu Francisco!

A senhora acenou em direção ao lago. Cátia pôde ver um senhor sentado em um barco, acenando de volta.

Quando uma nova montanha entrou na frente e já não era possível ver Francisco, Mona disse:

– Eu adoro as viagens de trem. Mas confesso que venho sempre que a saudade do Francisco aumenta pelas tardes... Há dias em que eu simplesmente não consigo ficar muitas horas sem vê-lo! Sei que é só pegar o trem e, na curva certa, lá estará ele, a pescar, sempre a pescar...

Cátia sorriu, mas teve que se levantar: outro passageiro precisava de suas informações, e ela, com alegria, foi cumprir seu ofício.

Em outra tarde qualquer, em um dos vagões, Cátia notou um estranho homem. Ele usava roupas brancas e mantinha expressões fechadas. Fitava a bonita paisagem, mergulhado nos próprios pensamentos.

Cátia percebeu que já o havia visto no trem antes, e não apenas uma vez. De fato, era um passageiro regular, mas não tinha ideia de quem ele era nem qual ofício possuía na cidade.

A atendente prestava tanta atenção ao passageiro que, sem perceber, esbarrou em algo.

Então, sem jeito, tentou alcançar o objeto que derrubara. Era uma Caixa Sagrada, de uma passageira estava sentada ao lado do estranho homem de branco – que nem com o barulho que Cátia fizera ao derrubar a caixa desviara o olhar da paisagem; era como se ele estivesse em outro mundo.

Cátia, em uma fração de segundo alcançou a caixa, mas, para seu espanto, ela se abriu com o impacto.

O coração de sua dona rolava pelo vagão do trem.

Cátia escutou a mulher gritar:

– Não!!!

Cátia ficou tão desconcertada com a situação toda que tudo o que podia fazer era tentar pegar o coração, colocá-lo novamente na caixa e sair o mais rápido possível daquele vagão.

Mais uma curva nos trilhos e o órgão rolou para o lado oposto do trem...

Cátia estava tão agitada e nervosa que caiu no piso do vagão, por sorte ao lado do coração que rolara.

Mais uma vez escutou a voz estridente da mulher gritar:

– Não!!!

Mesmo assim, Cátia esticou o braço e pegou o coração.

Pegou-o com uma das mãos por um instante, e foi tempo suficiente para que ela emitisse um grito tão agudo a ponto de ser ouvida em quase todos os vagões do trem. Até o garçom do vagão-restaurante veio rapidamente ver o que havia acontecido.

Cátia soltara imediatamente o coração e, agora, permanecia encolhida no chão, pressionando contra o corpo a mão que segurara o órgão por um momento, urrando de dor.

A dona do coração, com luvas grossas, pegou o órgão, colocou-o novamente na Caixa Sagrada, olhando irritada para os curiosos ao redor.

– Preciso de um vagão vazio. Esta jovem precisa de cuidados médicos – disse, para surpresa de todos, o homem de branco, que não esboçara expressão alguma até o momento. Ele indicava Cátia.

De fato, a mão da jovem estava extremamente vermelha, e em sua palma bolhas enormes se formavam. Ela ainda gritava de dor, à medida que sua queimadura se tornava pior a cada instante.

Em um vagão desocupado, o estranho e silencioso médico prestou os cuidados necessários à mão de Cátia.

Já com a dor amenizada, ela olhou fixamente para ele e disse:

– Muito obrigada...

Queria conversar com ele, saber quem era, agradecer de forma mais efetiva, mas rapidamente ele saiu do vagão, deixando-a sozinha.

Cátia teve tempo apenas de ler o nome que estava no topo da Caixa Sagrada do médico: MARCUS.

A jovem atendente do trem repousava sozinha no vagão onde o médico a atendera. Para sua surpresa, a porta se abriu, e quem entrou foi a dona do coração que a queimara.

– Desculpe-me, espero que sua queimadura não tenha sido muito grave – a mulher disse.

– O médico falou que poderia ter sido pior, mas, por sorte, segurei o coração apenas por um instante. Contudo, mesmo assim, levará um bom tempo até que minha mão fique boa – ela fitou a mulher, alta, magra, de cabelos loiros, lisos e compridos, e continuou a dizer: – De qualquer forma, sou eu quem deve pedir desculpas. Eu me distraí e derrubei sua Caixa Sagrada... Não sei como posso me desculpar.

– Não se preocupe. Isso acontece. Eu tentei avisá-la para não tocar no coração, mas você não me deu ouvidos. Ando sempre com isto na bolsa – a loira disse, mostrando para Cátia o grosso par de luvas com que pegara o coração.

Então a mulher colocou sua Caixa Sagrada em frente a Cátia, de modo que ela pôde ler seu nome: LINDA; e, em seguida, a abriu.

Cátia compreendeu por que sua mão havia sido tão gravemente ferida ao menor toque naquele órgão: dentro da caixa, o coração ardia em chamas.

Enquanto rolara pelo chão, as chamas se desfizeram; entretanto, agora que estava parado na caixa, o coração era vermelho vivo. Ao seu redor, labaredas desprendiam-se.

Linda fechou a caixa e analisou o ferimento na palma da mão de Cátia. Desculpou-se novamente e explicou onde vivia, caso a jovem atendente necessitasse de algo.

Saiu, deixando Cátia a sós. Ela seguiu contemplando a maravilhosa paisagem montanhesca e, em pouco tempo, o trem parou na estação.

9

Novidades no conjugado

Certa manhã, Cátia acordou sentindo-se estranhamente feliz. Pulou logo da cama. Contemplou o espelho, onde sua imagem pálida e assustadora permanecia na exata posição de sempre; vestiu seu uniforme, pegou a Caixa Sagrada, com seu coração manchado, e saiu, pronta para tomar café na padaria de Tadeu.

Entretanto, havia alguém em frente ao seu conjugado.

Era uma moça, aparentemente da mesma idade que Cátia.

Tinha cabelos castanhos, ondulados, bem diferentes dos seus, que eram lisos e extremamente negros. Era de estatura baixa e silhueta delgada e olhava com atenção tudo à sua volta. Cátia não pôde deixar de reparar que ela segurava uma Caixa Sagrada entre as mãos e vestia a maravilhosa roupa dourada característica dos recém-chegados.

A jovem atendente se aproximou da moça e disse:

– Você acaba de chegar?

A moça, entretanto, assustou-se e recuou.

– Não tenha medo. Eu também fiquei muito assustada no meu primeiro dia. Mas confie em mim, tudo ficará bem e você se acostumará com a vida na cidade.

A moça começou a chorar copiosamente e abraçou Cátia com força, soluçando. Após alguns instantes, o abraço se desfez, e Cátia pôde ler o nome na caixa que a nova amiga segurava: LORENA.

Sentindo seu coração pulsar de maneira estranha no interior de sua caixa, Cátia fixou seus olhos nos de Lorena: parecia que a conhecia há uma eternidade, parecia que eram amigas de longa data. Ela não sabia explicar, mas, sem se lembrar, lembrava... Lembrava-se de Lorena e da amizade que tinham. Já gostava da recém-chegada de uma forma forte e fraterna.

– Finalmente o quarto ao lado do meu foi ocupado! – disse, em alto som, Tadeu, que descia a escada de seu quarto e andava em direção às duas jovens.

– O quarto ao lado do seu? – questionou Cátia. – Isso significa que, em nosso conjugado, apenas um quarto continua vazio, o quarto à direita do meu...

Ela lembrou-se da conversa que tivera com a senhora Mona, dona da floricultura, uma tarde no trem. Assim como Mona tinha Francisco em sua vida, seria o futuro morador do quarto à direita um bálsamo na vida de Cátia? Quando ele chegaria? Seu coração o esperava...

Afastando tais pensamentos, ela concentrou-se na amiga, que ocupava agora um dos quartos do andar de cima, e já era muito querida ao seu coração.

– Vou avisar Renê que não poderei cumprir meu ofício hoje – ela disse. – Quero passar o dia com você, Lorena, ensinar-lhe tudo sobre esta cidade, assim como Tadeu fez comigo, aliviando o meu coração. E quero também estar presente em sua cerimônia.

– Cerimônia? – indagou Lorena com expressão confusa, fazendo Cátia se lembrar de si própria no dia em que chegara.

– Venha – ela respondeu a Lorena. – Vou lhe mostrar a praça e tirar suas dúvidas. Você vem, Tadeu?

– E eu perderia o primeiro dia de nossa vizinha que, segundo nossos corações bem entendem, tem grande afinidade conosco? – respondeu o simpático senhor, que se uniu às jovens, em uma agradável caminhada matinal pela cidade.

Lorena era agradável e alegre. Logo passou o espanto inicial, e ela teve divertidas conversas com os amigos Cátia e Tadeu.

No fundo, Lorena sentia que também conhecia Cátia de longa data, tamanha era sua afeição pela moça. E Tadeu era uma espécie de mentor, ou mesmo um avô querido, que as duas muito estimavam.

Após conhecer o centro comercial, o museu dos corações e a floricultura de Mona, Lorena quis caminhar pela praça.

Ela fazia amizade rápido, puxando conversa com todos que ali estavam. Era extremamente comunicativa, bem-humorada e desinibida. Cátia perguntou-se qual seria a doença que seu coração carregava.

Como se ouvisse os seus pensamentos, Lorena abriu sua Caixa Sagrada e mostrou o órgão aos amigos: seu coração era fechado. Estava literalmente trancado.

Era um coração com alterações não tão gritantes como os outros que Cátia vira; entretanto, era triste. Contrastava com toda a alegria que emanava de Lorena.

Ele tinha um aspecto fechado, batia como que resistindo a si mesmo a cada pulsar. E o mais impressionante era que, em seu centro, havia um buraco de fechadura, o espaço exato para que uma chave ali fosse colocada.

Impressionado, Tadeu falou:

– Você não só precisará curar seu coração. Precisará também encontrar a chave para abri-lo. Nunca vi nada parecido!

Pela primeira vez, Lorena esboçou uma expressão de tristeza. Era como se aquele tipo de assunto a lembrasse do lado triste que havia em seu interior e que ela lutava consigo mesma para camuflar.

Percebendo o que acontecera, Cátia tratou de mudar o rumo da conversa, elogiando a linda roupa de Lorena:

– Sinto falta de usar meu traje de recém-chegada!

– Ele é maravilhoso! – exclamou Lorena – Sinto-me uma rainha! Quando deixarei de usá-lo?

Então, os amigos explicaram tudo a Lorena e, ao fim da tarde, ela estava a postos para sua cerimônia dos recém-chegados.

Lufindo, o Oráculo e outros funcionários da prefeitura caminharam até o centro da praça, como de costume, e saudaram os recém-chegados.

Diferentemente de Cátia, que estava assustada em sua cerimônia, Lorena encontrava-se radiante de felicidade e mal podia conter a curiosidade para saber qual seria seu ofício.

Assim que ela abriu a caixa para que o Oráculo fitasse seu coração, ele disse em poucos instantes:

– Você será radialista!

Lorena pulou e gritou de felicidade. Adorou seu ofício antes mesmo de conhecer a rádio da cidade.

– Seu ofício em nada me surpreende – disse Tadeu, após a cerimônia, rindo ao abraçar a nova amiga. – Você é a pessoa mais comunicativa que conheci! E é uma recém-chegada! Imagino quando estiver adaptada à nossa cidade...

Todos riram, e Tadeu levou as amigas para um lanche na padaria.

Exaustos, os três dormiram profundamente aquela noite.

Faltava apenas o quarto integrante do conjugado para que a família estivesse completa.

Lorena, na manhã seguinte, acordara mais cedo que os dois vizinhos. Estava eufórica para conhecer a rádio.

Cátia e Tadeu acordaram em seguida e saíram do conjugado. Antes de chegarem até Lorena, Cátia fez uma pergunta que a inquietava:

– Tadeu, já não existe um radialista na cidade? Eu ouço a rádio às vezes no trem...

– Sim, querida. Essa é uma ótima pergunta. Cada profissão é única aqui na cidade. Algumas são compartilhadas, mas não deixam de ser únicas. Por exemplo, existe mais que um médico, mas cada um cuida de uma especialidade. Os professores da Universidade dos Corações também: embora todos sejam professores, cada um atua em uma área. Cada pessoa é única e desempenha uma função individual em nossa comunidade. Mas, estranhamente, Lorena recebeu um ofício que já tem dono...

– Então cada profissão aqui é única? – indagou Cátia, certificando-se.

– Sim – disse Tadeu. – Bem como cada coração...

10

O tempo corre nos trilhos

A adaptação de Lorena foi fácil. Por ser extremamente comunicativa, logo ela fez amizade com o outro radialista. Seu nome era Lucas.

Ainda permanecia um mistério o motivo de o ofício de Lorena não ser único. Entretanto, ela estava feliz; adorara Lucas desde o primeiro instante em que o viu.

– Acho que eu não poderia ter recebido um ofício melhor – ela disse ao amigo no final do primeiro dia de tarefa.

– Você se saiu muito bem. O Oráculo acertou em enviá-la para a rádio. Confesso que fiquei com medo quando me disseram que haveria uma nova radialista, alguém que dividiria o ofício comigo. Creio que isso nunca ocorreu em nossa cidade antes. Mas agora vejo que seremos amigos e que será ótimo ter uma companheira – disse Lucas.

Era um adorável rapaz. Estava prestes a completar seu primeiro século na cidade e, além de agora dividir o ofício, outro fato inusitado ocorria com ele: era o único que vivia só.

Lucas não vivia em um conjugado. Seu quarto era isolado. Claro, havia outros conjugados ao redor, mas o aposento do rapaz era o único que não possuía quartos conjuntos. Na própria linguagem da cidade, ele era o único que não tinha família, não tinha afins.

O rapaz acostumara-se com o fato inusitado de viver sozinho e, assim, passava mais horas na rádio do que deveria, dedicando-se ao ofício de que tanto gostava e esquecendo-se da própria solidão.

Ele nunca mostrara seu coração a ninguém. Mantinha sua Caixa Sagrada em seus braços o tempo todo e jamais, em todos esses anos de existência, permitiu que alguém visse o que havia em seu interior.

No fundo, apesar do medo inicial, estava extremamente feliz com a chegada de Lorena à rádio. Ficara encantado com a beleza da jovem desde o primeiro instante em que a viu, e à medida que o primeiro dia que passavam juntos na rádio transcorreu, ele encantou-se também com sua alegria, seu jeito de menina e com sua incrível habilidade na tarefa.

Em quase um século, ele adquiriu grande experiência trabalhando na rádio. Entretanto, não precisou ensinar muita coisa a Lorena. Forneceu as dicas iniciais e, logo nas primeiras horas, ela estava encantando não apenas o próprio Lucas, mas todos os ouvintes.

Nos fins de tarde, quando acabava a transmissão, Lucas sempre continuava na rádio, preparando a programação do dia seguinte. Agora Lorena juntara-se a ele também nessa tarefa.

– Você pode ir embora, nosso horário já acabou – ele disse.

– Mas eu quero ficar, quero ajudá-lo a montar a programação de amanhã.

– Não é necessário. Não perca tempo aqui comigo, vá ficar com sua família.

– Não é perda de tempo – foi tudo o que a jovem respondeu, fazendo nascer um amplo sorriso na face do rapaz.

– Bem, então, como você viu, começamos a transmissão fazendo as reflexões de nossos corações. Eu gosto de escrever os textos e também recebo muitas sugestões de nossos ouvintes. Então também costumo, ao final das reflexões, contar algum depoimento, alguma história real de um morador da cidade.

Lorena concordava com tudo.

– Em seguida, temos a primeira rodada de músicas.

– Elas são maravilhosas – Lorena disse.

– Sim. Na cidade temos um músico especialista em cada instrumento, um grande compositor, um maestro, uma orquestra, uma banda... Enfim, nossas opções de música são inesgotáveis e belíssimas.

– De fato.

– Após a primeira rodada musical, temos um jogo com os ouvintes, feito pelo telefone.

– Achei muito divertido o jogo, obrigada por ter deixado que eu o comandasse hoje – falou Lorena.

– Você pode comandá-lo todos os dias, se quiser – disse Lucas, com a face ruborizada. Então, continuou: – Depois temos as notícias do dia, o programa jornalístico e mais uma rodada musical. Então, sempre fazemos uma promoção ao vivo com os ouvintes. Esse é nosso horário de maior audiência. Em seguida, fechamos com a música mais pedida e mais algumas reflexões, ou algum texto enviado pelo escritor da cidade.

– Não vamos perder tempo! – disse Lorena, achando tudo o máximo. – Temos muita coisa para preparar para amanhã!

E assim os dias se passaram da melhor forma possível. Lorena tornou-se amiga inseparável de Lucas. Agora, com a ajuda da moça, ele saía mais cedo da rádio, e, juntos, iam embora caminhando pelas avenidas.

– Um dia – ela disse certa vez – você vai abrir sua Caixa Sagrada para mim.

– Eu creio que não – respondeu o rapaz, segurando firmemente a caixa.

– Claro que vai. Eu passarei os séculos tentando, não vou desistir! E só para provar, quero que veja o meu coração.

– Não é necessário – ele respondeu.

Contudo, Lorena estava convencida e já foi abrindo sua própria Caixa Sagrada.

Lucas fitou o órgão, que batia compassado e em cujo centro havia um buraco de fechadura.

Lorena reparou em suas feições. O rapaz parecia confuso e assustado enquanto observava o coração da amiga.

– Há algo de errado? – ela questionou.

– Cla-claro que-que n-não – ele gaguejou.

Então, ela fechou a caixa e disse:

– Não tenho pressa. Temos séculos de trabalho na rádio. Um dia, você vai se abrir comigo e eu verei o seu coração.

Lucas riu do jeito decidido da amiga, e eles continuaram a agradável caminhada de volta para casa, já no início da noite.

Apesar de muito adaptada ao ofício, Lorena demorou dois meses para dizer adeus ao traje de recém-chegada. Mas não foi com grande entusiasmo que o fez:

– Não posso mesmo continuar usando esta roupa? – ela perguntava a Cátia e Tadeu, quando recebeu seu uniforme da rádio – Ela é tão maravilhosa. Sinto-me uma rainha com ela! Não vou simplesmente abandoná-la no guarda-roupa...

Cátia e Tadeu estavam acostumados com o jeito teimoso e divertido de Lorena e, com paciência, conseguiram convencê-la a guardar o traje dourado e usar o novo uniforme. Cátia prometeu que, na primeira folga que tivessem, iriam ao centro comercial e comprariam lindas roupas, fato que deixou Lorena mais animada.

Tadeu seguia sua vida de padeiro, agora mais feliz com as duas companheiras do conjugado, embora também se perguntasse quem ocuparia o quarto que ainda estava vago.

Tantas vezes Cátia fizera-se essa mesma pergunta, em vão, que resolveu esperar. Embora paciência não fosse uma de suas virtudes, e ela sempre sentisse seu coração revirar dentro da caixa ao fitar o quarto vazio à direta do seu.

Um dia, andando pelos vagões para fiscalizar se estava tudo certo com os passageiros, Cátia reparou que, pela primeira vez, o prefeito Lufindo ocupava um dos assentos.

– Boa tarde, prefeito. Que surpresa você por aqui – ela disse ao aproximar-se.

– Olá, minha jovem. Confesso que já faz um tempo que não pego o trem. Mas meu coração anda agitado, resolvi dar um passeio para tentar acalmá-lo.

– Fez bem. O passeio sempre revigora os passageiros. Mas há algo de errado na prefeitura?

– Não. Pelo contrário, está tudo certo e em perfeita harmonia em nossa cidade. Apenas não tenho conseguido curar meu coração. Ele não tem apresentado melhoras, e já não sei o que fazer. Cumpro meus deveres com o maior amor que poderia, trato bem a todos os cidadãos, mas, mesmo assim, ainda não encontrei a paz de que preciso para minha própria cura.

– Entendo – disse Cátia. – Eu também não tenho pista alguma de como vou curar meu coração.

– Eu já pedi, em pensamento, tanta ajuda ao Sábio... – ia dizendo Lufindo, quando Cátia o interrompeu:

– Ajuda a quem?

– Ao Sábio.

– Desculpe. Não sei do que está falando.

– Você nunca foi ao templo? – o prefeito questionou.

Cátia parou para pensar que, de fato, estava na cidade há alguns meses, mas, exceto o centro comercial, com a praça, a prefeitura e outras atrações, não conhecera os demais bairros.

O trajeto do trem permitia que ela visse o templo ao longe, mas nunca estivera em suas redondezas.

– Não tive oportunidade ainda – ela respondeu.

– Então não perca mais tempo – aconselhou o prefeito. – É uma linda construção. E é um local calmo e agradável, construído para que os cidadãos possam ir e conversar com o Sábio.

– Mas quem é o Sábio?

– Não sabemos exatamente; não temos a informação nem de se ele é realmente uma pessoa. Tudo o que sabemos é que desde que a cidade existe, desde que qualquer cidadão aqui possa se lembrar, o Sábio é tido como um grande consolador para os corações aflitos. Para ele direcionamos todas as nossas orações quando vamos ao templo.

Cátia não sabia como, mas, uma vez mais, algumas lembranças lhe vinham à mente... Lembrou-se de que nunca tivera o hábito de rezar, nunca tivera fé. Não sabia que tipo de lembranças eram essas, mas elas estavam dentro de seu coração doente.

– Eu irei até lá, quero conhecer o templo.

– Talvez – disse Lufindo – isso a ajude a encontrar um meio de cuidar do seu coração.

Cátia sorriu e respondeu:

– Tenho certeza de que você também encontrará uma maneira de salvar o seu.

O prefeito sorriu, agradecendo pelas palavras. Então abriu sua Caixa Sagrada, para que Cátia contemplasse o motivo de sua amargura.

O coração de Lufindo era preto. Diferentemente do de Cátia, que possuía manchas negras, o do prefeito era inteiramente negro, com um aspecto envelhecido, e parecia estar se decompondo. Chegava a exalar um cheiro fétido, que causou enjoo em Cátia – ela teve que levar as mãos à boca para não vomitar. O coração estava, de fato, apodrecendo.

Na próxima curva, Cátia e Lufindo interromperam a conversa para contemplar o Santuário, que agora resplandecia aos seus olhos. Ele era digno de qualquer silêncio, tamanha sua perfeição.

E o templo? O templo, o Sábio, o Santuário, a travessia... Estaria tudo interligado?

Há muito tempo as dúvidas não aborreciam Cátia como em seus primeiros dias na cidade. Mas agora, definitivamente, estavam voltando a ser motivo de tormento... Ela tinha muitas indagações: queria saber de onde viera; por que tinha lembranças de, talvez, outra existência – como se ela não houvesse sido criada no dia em que acordara naquela cidade. E também por que seu coração continuava a ansiar pela chegada de algo ou alguém... Mas agora, mais do que nunca, ela queria compreender tudo ao seu redor. O que significava aquela cidade misteriosa, com crenças, com fé, com construções maravilhosas, e uma beleza estranhamente encantadora – às vezes, ela se sentia em um conto de fadas, cujo personagem principal, que necessitava de proteção, era seu próprio coração.

Entretanto, tudo permanecia sem respostas. Pelo menos até agora – e Cátia estava decidida a mudar aquilo.

11

A fé é para os fortes

Cátia saiu apressada da estação aquela tarde, nem se despediu de Renê, que já se tornava um grande amigo, sempre com seu jeito desastrado, atropelando tudo, mas conduzindo o trem com maestria.

Ela precisava encontrar Tadeu.

Por sorte, o amigo estava sentado em frente ao conjugado, observando a rua:

– Vejo que chegou um pouco mais cedo – disse, ao ver Cátia.

– Eu vim o mais rápido que pude.

Ele percebeu que a amiga estava diferente.

– O que aconteceu?

– Preciso saber por que você não me disse nada sobre o Sábio.

Tadeu esboçou um amplo sorriso e, carinhosamente, respondeu:

– Porque a fé é algo individual, e cada um deve buscá-la na hora que lhe for conveniente. Não cabe a mim apresentá-la ao

Sábio, cabe a você encontrá-lo e decidir sozinha se ele será objeto de sua fé.

– Ele é da sua?

– Sim, como de todos nesta cidade – respondeu Tadeu.

– Eu quero ir até o templo – disse Cátia. – Não sei o motivo, mas sinto que preciso ir. Gostaria que você e a Lorena fossem comigo.

Eles esperaram até que Lorena chegasse da rádio.

Pela rua, ela veio rindo, acompanhada de Lucas. Eles despediram-se frente ao conjugado, e Lucas continuou o trajeto até seu quarto isolado. Então, Cátia contou a Lorena o que sabia a respeito do Sábio, e Tadeu completou:

– Ele é a fonte de nossa esperança. Nunca foi visto. Ninguém sabe sua aparência. Sabemos apenas que ele vive em cada um de nós e em cada canto desta cidade. Dizem que no momento da travessia ele vem receber pessoalmente cada cidadão, como um prêmio por termos salvado nossos corações.

– Eu também quero ir ao templo! – disse Lorena, animada.

Assim, naquele fim de tarde, os três amigos dirigiram-se para um canto da cidade, distante de tudo, onde Lorena e Cátia jamais haviam ido. E, após quase uma hora de caminhada, chegaram ao templo.

O templo era também uma construção belíssima e divina. Possuía amplos pilares altíssimos, frente a um majestoso prédio branco, com ornamentos dourados. Havia uma escadaria principal, feita de material maravilhoso, semelhante ao mármore. Seus telhados eram altos e pontudos, indicando o céu; e, ao redor, havia um gramado extenso e muito bem cuidado.

Os amigos tiraram os sapatos e entraram. No interior do prédio, uma suave música podia ser ouvida, sem que instrumento algum fosse visto. Pétalas de rosas brancas cobriam todo o chão do templo, formando um tapete gigante e esplendoroso. As paredes interiores eram de vidro; candelabros maravilhosos as revestiam, e, do teto, desprendia-se um maravilhoso e gigante lustre de cristal. Almofadas estavam espalhadas por entre as pétalas brancas, em toda parte, de modo que cada um pudesse sentar-se em uma almofada para dialogar com o Sábio. No centro do templo havia um pequeno altar, com uma rosa branca em seu topo. Curiosamente, a rosa não estava sustentada por vaso algum, ela apenas flutuava... Pairando alguns centímetros sobre o altar. Nada mais havia ali, apenas a fé, que podia ser sentida em cada canto.

Pessoas murmuravam sentadas nas almofadas. Cátia reparou que todas pediam consolo para seus corações, um caminho, uma direção para suas curas.

Tadeu e Lorena sentaram-se nas almofadas disponíveis. Cátia, contudo, caminhou até o altar, aproximou-se da flor e sentiu-se revigorada ao contemplar suas pétalas.

– Elas não murcham, não secam, não mudam de forma. Estão assim há séculos – disse um simpático homem que se aproximara. Ele era de baixa estatura e extremamente delgado. Cátia reparou que também segurava sua Caixa Sagrada.

– Você trabalha aqui?

– Sim, sou Moisés, o guardador do templo.

– Que belo ofício. Seu coração deve apresentar uma cura acelerada, já que você passa os dias neste lugar maravilhoso.

– Engano seu, minha jovem – respondeu Moisés. – Não tenho privilégio algum. Minhas dificuldades são as mesmas que as de todos os cidadãos. Veja...

Ele abriu a caixa e mostrou o coração à moça. Era um órgão esbranquiçado, pálido... Parecia sem vida. Cátia reparou que levava muito tempo entre uma batida e outra. Era como se ele estivesse literalmente parando.

Sorrindo, Moisés fechou a caixa, e Cátia continuou:

– Como você fez para que a flor flutuasse?

– Eu? Pobre de mim! Isso é trabalho do Sábio. Ele deu esta flor de presente à nossa cidade há muitos milênios e, desde então, ela está aí, do mesmo jeito. É a força da fé que a sustenta.

Moisés afastou-se, e Cátia sentou-se em uma almofada próxima. Fechou os olhos e, sem perceber, encontrou-se a dialogar com o Sábio.

Pedia-lhe ajuda para diminuir a dor de seu coração. A dor que a sufocava em silêncio todos os dias. Ela tentava fingir que a dor não estava ali, tentava seguir seu ofício, sua vida... Mas a verdade é que a dor a acompanhava em todos os instantes de sua existência. A dor era uma saudade reprimida, uma busca infundada, uma espera às escuras. Era aquela dor que a fizera cair, quando abriu sua própria Caixa Sagrada pela primeira vez. Desde então, sentia-se esperando por algo – ou alguém, segundo Mona lhe dissera no trem. Pedia ao Sábio que lhe desse forças para suportar a dor, amenizá-la. Pedia que ele trouxesse as respostas de que seu coração tanto precisava; que lhe mostrasse o caminho para a cura.

Quando terminou de falar com o Sábio, Cátia abriu os olhos e olhou para trás. Viu que, a um canto, estava Lorena, sentada em uma almofada.

Cátia compreendia a amiga. Sabia que, por trás de toda aquela alegria que ela demonstrava, existia um coração que sofria, ainda sem a chave para abri-lo. Lorena estava de olhos abertos, fitando a rosa branca a flutuar sobre o altar, chorando... Grossas lágrimas lhe cobriam a face.

As amigas não eram exceção. Como os demais cidadãos da cidade, haviam depositado sua fé no Sábio.

Durante o passar dos dias, tudo e nada mudava.

A cidade era a mesma. Os fins de tarde agradáveis presenteavam os cidadãos com beleza e suavidade. As carruagens eram tracionadas pelas largas avenidas de paralelepípedos, ao redor dos canteiros com as altíssimas árvores em formato de coração – assim como as nuvens branquinhas que coroavam os céus. O Santuário resplandecia ao redor, e, a cada nova travessia, todos os cidadãos paravam seus afazeres para contemplar a música celestial e o clarão dourado, ao ver que suas portas haviam sido abertas para que mais algum cidadão partisse. O trem continuava a percorrer seu caminho entre as montanhas, os lagos e as cachoeiras. Cátia seguia feliz com seu ofício, aprendia muito com a paisagem ao seu redor e, mais ainda, com cada passageiro que conhecia. Aprendia também com Renê, seu querido colega e maquinista do trem.

Tadeu seguia sua vida na padaria e, para sua alegria, percebeu que, após a chegada de Cátia e Lorena, seu pequeno e endurecido coração começara, aos poucos, a amolecer, tamanha era sua felicidade em ter uma família.

Lorena, por sua vez, continuava espalhando alegria na rádio. Ela dera novas sugestões de programas bem-humorados e instrutivos, deixando Lucas ainda mais encantado, e aumentando ainda mais o número de ouvintes diários.

A Caixa Sagrada de Cátia, contudo, não apresentava mudanças. Seu coração continuava ali, manchado. E o mais assustador – ela sentia-se bem; porém, quando entrava em seu aposento e deparava-se com sua imagem presa no espelho, com expressões de pavor, sentada, com calafrios de pânico, fitando o vazio, a jovem lembrava-se de que sua essência ainda não havia mudado, e ela ainda não encontrara o sentido de sua existência.

Como um exercício para sua fé, passou a ir com maior frequência ao templo; e, como exercício para sua mente, passou a frequentar a biblioteca e o museu dos corações, lendo livros instrutivos. Quando possível, também ia ao teatro ver as apresentações dos artistas da cidade.

Nada mudava, mas, em seu interior, tudo estava diferente.

Assim ela saudou a chegada de seu primeiro ano de criação, em uma festa divertida, com os amigos mais chegados. Renê, Mona, Francisco, Linda, Lucas, Moisés, Rubens, Lufindo e até o Oráculo vieram ao conjugado que ela dividia com Tadeu e Lorena.

Após a festa, Cátia alegrou-se ainda mais ao perceber que, após um ano, as coisas estavam de fato começando a mudar: uma janela havia surgido no conjugado! Era pequena e tímida, mas estava ali, abrindo-se para a vida. As paredes estavam começando a clarear, já não possuíam aquele aspecto cinzento e frio de antes.

Moisés dividiu seus sábios ensinamentos, ao dizer:

– Nossos corações são nossa verdadeira morada. Cada conjugado desta cidade tem a aparência do que sentem seus moradores. Após esse primeiro ano de convivência, vocês trouxeram luz às suas vidas – representada pela primeira janela que aqui surgiu – e cor à sua estrutura – representada pela nova coloração das paredes. Continuem assim, meus amigos, que, em breve, suas moradas estarão ainda mais repletas de vida – como reflexo de seus corações.

Cátia, então, percebeu que sua imagem no espelho começara a apresentar mudanças. Havia soltado os próprios joelhos e, embora tivesse ainda expressões pavorosas, estava menos repugnante, um pouco menos presa e assustada. Lorena notou que o mesmo acontecera com sua imagem no espelho, em seu aposento no andar superior do conjugado. Cátia só não teve a felicidade completa porque seu coração continuava o mesmo, com as mesmas manchas negras. O caminho estava certo, mas ainda faltava algo. Faltava uma luz.

12

O dono do quarto à direita

Em um dia como qualquer outro, Cátia entrou no trem para cumprir seu ofício.

Renê iniciou a locomotiva. Os passageiros estavam animados e tudo parecia absolutamente normal.

Foi então que a porta de um vagão se abriu. Por ela entrou um moço e seus olhos fixaram-se imediatamente nos de Cátia.

Ela segurou sua Caixa Sagrada com toda força que tinha e, pela primeira vez em sua curta existência, sentiu como se seu coração batesse dentro de seu peito, fazendo com que seu sangue – que antes parecia congelado – percorresse seus tecidos, devolvendo-lhe a vida. Ela percebeu que, durante o ano em que estivera na cidade, a dor que sentia era uma espécie de morte. Estivera semimorta e, agora, como em uma última tentativa desesperada de seu coração, a vida a tomava em seus braços, dando-lhe uma nova chance para recomeçar e ser feliz.

Seus pares de olhos pareciam um só. Ele a olhava. Ela o olhava. Era possível que vissem as almas um do outro. Era possível que seus corações se unissem, mesmo à distância, afinal, ouvia-se um só ritmo, um só pulsar, vindo daquelas duas caixinhas douradas separadas por pouco mais de um metro.

Tudo fez sentido. Tudo ganhou sentido.

O Santuário apareceu na visão pela janela do trem e Cátia sentiu que, pela primeira vez, enxergava-o de verdade. Sua beleza agora era tão grande que doía aos seus olhos fracos e pequeninos. Pela primeira vez ela abrira os olhos completamente. Pela primeira vez ela via a vida. Pela primeira vez seu coração batia em paz.

Ela não saberia explicar, mas lembrava-se de que ele nunca batera em paz, não apenas naquela cidade, mas aonde quer que fosse, quem quer que fosse ela antes daquilo tudo.

O dono do par de olhos assustadores aproximou-se. Usava uma veste dourada maravilhosa – o traje dos recém-chegados.

Então, para total felicidade da atendente dos vagões, ele aproximou-se e disse:

– Você é a Cátia?

– Sou – foi tudo o que ela conseguiu responder.

O mundo ao redor estava em silêncio. Agora, a poucos centímetros, seus olhos pareciam conversar.

Era como se o passado e o futuro fizessem sentido. Aqueles olhos eram tudo, eram o próprio passado e o próprio futuro que se uniam.

Cátia compreendia agora sua espera... Ela esperava sem saber, desde sempre, por aquele par de olhos. Eles eram fonte de inspiração, eram respostas certas, o fim de uma era de esperas que doíam feito morte. Aquele par de olhos era tudo em sua existência que finalmente ganhava um sentido. Não há palavras para explicar aquele par de olhos, aquele encontro em um dia aparentemente normal, que guardara para Cátia a revelação dos seus próprios segredos... Não há palavras para explicar o que ela e o rapaz sentiam – era o mesmo sentimento, e isso resume tudo o que existe de mais lindo em qualquer canto do mundo, em qualquer existência, em qualquer trem que percorre os trilhos...

– Sou Erick – o dono do par de olhos disse, por fim. – Ocupo um quarto que fica à direita do seu, em seu conjugado. Despertei hoje confuso, creio que você e nossos outros vizinhos ainda não haviam acordado. Então, fiquei a vagar pela cidade. Depois de muito andar, fui parar na floricultura, e uma senhora chamada Mona explicou-me tudo sobre a cidade e disse que eu deveria procurar pela atendente deste trem, pois só assim encontraria todas as respostas de que preciso.

Dizendo isso, estendeu a Cátia um buquê de flores que trouxera da floricultura de Mona. A jovem passara os últimos instantes olhando tão fixamente para seus olhos que não reparara que ele segurava lindas flores... Eram copos-de-leite, brancos como as nuvens de uma manhã de primavera.

Ela aceitou as flores, com um incontrolável sorriso.

Erick também sorriu e sentiu que não precisava fazer pergunta alguma. Mona estava certa. Cátia, sem nada falar, trouxera-lhe as respostas.

– Eu vou sair mais cedo hoje do meu ofício. Quero estar presente em sua cerimônia – foi tudo o que ela disse. Então, ficaram a admirar as belas paisagens percorridas pelo trem.

Cátia atreveu-se a olhar dentro dos olhos de Erick mais uma vez. Ele retribuiu.

Sim, aqueles olhos traziam as respostas, traziam os sentimentos mais puros e maravilhosos do mundo – era tudo tão intenso que Cátia sentiu medo. Um medo bom, mas assustador. Era tudo forte demais.

13

O amor é bálsamo em qualquer existência

Os primeiros momentos ao lado de Erick foram estranhos e complicados em sua essência. Contudo, foram divinos. Resumiam-se em uma única palavra: VIDA.

Conforme havia dito, Cátia não ficou até o último passeio de trem aquele dia. Com o consentimento de Renê, ela saiu mais cedo de seu ofício e foi acompanhar Erick até a praça.

A princípio eles ficaram em silêncio. Cátia percebeu que o bonito rapaz olhava tudo ao seu redor, com curiosidade, da mesma forma que ela mesma fizera em seu primeiro dia na cidade.

Contudo, Erick, no fundo, disfarçava. Qualquer coisa que lhe viesse à mente para dizer a Cátia não parecia boa o suficiente para aquele momento.

Cátia pensou muito. Gostava do silêncio. Ou melhor, amava o silêncio ao lado de Erick. Entretanto, gostaria de falar com ele. Saber o que ele pensava, decifrar aqueles olhos...

Assim, após terem passado grande parte do trajeto sem nada dizer, a moça arriscou:

– Nossa família é composta também pela Lorena e pelo Tadeu.

Feliz que ela tivesse puxado conversa, Erick respondeu:

– Então são eles que vivem nos quartos de cima? Como eles são?

Animada, ao mesmo tempo em que sentia borboletas voarem no estômago, Cátia contou ao novo vizinho tudo sobre Tadeu e Lorena. Ele ficou entusiasmado para conhecê-los, afinal, eram pessoas com as quais ele tinha grande afinidade, já que tinha sido criado naquele conjugado.

Passados alguns instantes, chegaram à praça, bem na hora em que Lufindo e o Oráculo davam início à cerimônia dos recém-chegados.

Apreensiva, Cátia esperou pela vez de Erick.

Ao contemplar o coração do rapaz, o Oráculo anunciou em alto som:

– Você será o chefe dos pesquisadores da Universidade dos Corações!

Ao final da cerimônia, confuso, Erick indagou a Cátia:

– Mona havia me contado que cada ofício é único. Eu não entendo. Já não há um chefe dos pesquisadores?

– O Tadeu poderá explicar-lhe tudo com mais detalhes – disse a moça. – Ele vive na cidade há muito mais tempo. Porém, sei que alguns ofícios são divididos, embora continuem sendo únicos. No caso, há vários pesquisadores na Universidade, mas cada um atua em uma área diferente. Sei também que há muitos anos o chefe dos pesquisadores fez a travessia. Então, o ofício ficou vago, até que chegasse alguém para substituí-lo.

Erick ficou feliz com a explicação. Sabia que alguns cargos na cidade não poderiam ficar vagos por muito tempo, e estava satisfeito que o Oráculo tivesse lhe designado a função na Universidade dos Corações.

Cátia, então, explicou que o único cargo que realmente possuía duas pessoas era o de radialista, e uma dessas pessoas morava no quarto acima do seu.

Os dois jovens caminharam de volta ao conjugado. Estavam ansiosos para ver a família reunida pela primeira vez.

Conforme Cátia previra, Lorena fez grande festa ao conhecer Erick. Tadeu também ficou muito entusiasmado com a chegada do último morador, que completou a família daquele conjugado de quatro quartos.

A relação de Erick e Cátia era, no mínimo, inusitada.

Eles, às vezes, evitavam conversas; passavam rapidamente um pelo outro e, então, cada um seguia o seu caminho pela manhã. Em outros momentos, pareciam ter necessidade de estar grudados, e riam e se divertiam juntos.

Lorena, que não media as palavras, procurou a amiga um dia e lhe perguntou:

– O que há entre você e o Erick?

– O mesmo que entre você e o Lucas – respondeu Cátia, com esperteza.

Lorena retrucou:

– Essa não é a resposta certa. Pois entre mim e o Lucas não há nada, exceto coleguismo profissional. Já entre você e o Erick é evidente que há...

– Que há o quê?

– Não sei. Mas obviamente há algo. Afinal, nunca vi você tão nervosa com uma pergunta apenas – respondeu Lorena.

Cátia inventou alguma desculpa e deixou a amiga falando sozinha.

Ela não queria falar, não queria verbalizar o sentimento, para que ele não ganhasse ainda mais forma. Já era grande o suficiente para castigar seu peito. Além disso, tinha medo de Erick, tinha medo dos sentimentos envolvidos... Tinha medo do amor. Não ousava pronunciá-lo.

O ofício na Universidade dos Corações era muito agradável para Erick. O prédio era majestoso. Como as outras grandes construções da cidade, era branco e dourado, com lindas estátuas esculpidas, um jardim incrível e muito bem cuidado pelo jardineiro da cidade. Inúmeras eram as salas de aulas, os anfiteatros e os laboratórios. O coração de Erick rapidamente se sentiu em casa por aqueles corredores.

Logo ele se adaptou e se tornou efetivo em sua tarefa.

Todos os dias, contudo, ele chegava tarde em casa, e Cátia tinha certeza de que ele não ficava na Universidade até aquelas horas. Então, um dia, após muito brigar com seu insistente coração, cedeu aos próprios impulsos e resolveu segui-lo.

Esperou escondida no jardim, até que Erick acabasse suas tarefas. Então seguiu-o para fora das dependências da Universidade dos Corações.

Eles ganharam as bonitas avenidas da cidade. Sem perceber que Cátia estava em seu encalço, Erick andava a passos apressados. Ao perceber o caminho que estavam fazendo, Cátia não podia acreditar para onde Erick estava indo. Porém, ao chegarem ao destino final do rapaz, ela teve que crer no que seus olhos diziam: estavam no templo.

Ele nunca havia mencionado o lugar. Cátia não sabia como ele descobrira sobre o Sábio e tudo mais. Ela mesma levara certo tempo até saber de tudo.

Cátia deixou que ele entrasse na frente. Então, após alguns minutos, retirou os sapatos e, cuidadosamente, entrou no templo.

Erick estava próximo ao altar. Cátia reconheceu-o de longe. Ela arrumou uma almofada que lhe daria uma vista privilegiada: podia ver o perfil do rapaz, sem, contudo, ser alvo de sua atenção.

O moço ficou sentado na almofada, em meio às pétalas de rosa branca, por muito tempo. Cátia podia jurar que, uma ou duas vezes, vira uma lágrima escorrer de seus olhos e deslizar sobre sua face.

Quando acabou de dialogar com o Sábio, Erick demorou seu olhar no altar e na rosa branca que ali flutuava majestosamente. Foi despertado por Moisés que, aparentemente, estava acostumado com suas visitas:

– Seu coração está mais calmo hoje, meu rapaz? – Cátia ouviu o guardador do templo fazer a pergunta. Mas não pôde ouvir a resposta de Erick.

O que aconteceu em seguida foi tão rápido que ela mal teve tempo de raciocinar. Tudo o que percebeu é que Moisés viu quando ela se levantou e tentou sair de forma discreta do templo.

Educadamente, o senhor a cumprimentou de longe. Aparentemente ele era muito simpático com todos os frequentadores do templo e a reconhecera de outras visitas.

Quando Cátia retomou o raciocínio, Erick já olhava em sua direção e, assustado, disse:

– Cátia? O que faz aqui?

Ela ignorou a pergunta, e acenou para Moisés, pensando: *Obrigada por estragar tudo.* E saiu do local.

Após vestir os sapatos, a jovem desceu apressada a escadaria do templo e ganhou a rua.

Aquela região da cidade era um tanto deserta, porém linda, pela proximidade das montanhas. Cátia caminhava a passos largos sobre o lindo gramado que ali havia.

Erick a alcançou quando ela já estava a alguns metros do templo. Disfarçadamente, ela disse, tentando parecer coloquial:

– Erick, desculpe, estou com pressa. Apenas não sabia que você também tinha o hábito de vir ao templo dialogar com o Sábio.

– Mona me disse sobre este lugar, quando eu lhe contei que meu coração doía. De fato, falar com o Sábio me acalma um pouco. Mas, Cátia – ele mediu cada palavra, e ousou dizer –, nada me traz tamanha paz como estar ao seu lado.

– O que você está dizendo? – ela perguntou, sem perceber que tremia da cabeça aos pés.

– Não há motivos para esconder. Se eu fugi de você algumas vezes é por temer esse sentimento gigante em meu peito. Eu venho todos os dias ao templo, pedir ao Sábio que me ajude a enfrentar o que sinto por você. É maravilhoso, mas é grande demais. Às vezes não cabe em mim.

– Como você pode? – perguntou Cátia, com uma lágrima escorrendo pela face.

– Posso o quê? – indagou Erick, que também tremia.

– Descrever tão bem o que eu sinto? Sim, eu sinto o mesmo; também não sei lidar com tudo isso.

– Então vamos descobrir juntos – ele disse, envolvendo Cátia em seus braços e beijando-a.

Enquanto caminhavam, de mãos dadas, rumo ao conjugado, após terem declarado, finalmente, seu amor, Cátia pediu a Erick que mostrasse seu coração a ela.

Não foi preciso pedir duas vezes.

O rapaz abriu sua Caixa Sagrada e a jovem pôde ver o que nela havia: era um coração, que ela amava... E que estava, literalmente, cheio de espinhos.

Ela também mostrou a Erick seu coração manchado, e, entre um sorriso, ele disse:

– Eu vou ajudá-la a desfazer cada uma dessas manchas.

– E eu tirarei cada um desses espinhos.

– Eu amo você, Cátia.

– Eu amo você, Erick.

Dizendo isso, sem pensar, eles trocaram as caixas douradas que seguravam. Assim, cada um passou a ser responsável e dono do coração um do outro.

Era mais que amor. Apenas não havia palavras suficientes para descrever.

Eram dois destinos que se uniam; davam as mãos.

14

Despedidas também são para os fortes

Cátia, agora, sentia-se nas nuvens. Sua existência passou a ter sentido ao lado de Erick, e a cura para seu coração, finalmente, teve sua direção apontada.

Desde a chegada do rapaz, Cátia já não sentia a dor que antes a castigava... Era a dor da espera, mas ela havia chegado ao fim.

Erick cumpria seu ofício na Universidade dos Corações, mas, agora, já não passava muitas horas no templo rezando. Ele ia embora diretamente para o conjugado, onde Cátia já o esperava. Então, durante todo o fim de tarde, eles caminhavam pela cidade, celebrando o amor que finalmente os unira.

Cátia também seguia seu ofício de atendente do trem. Até seria possível dizer que ela o cumpria com ainda mais amor, uma vez que tudo em sua vida intensificara-se.

Certa tarde, enquanto caminhava pelos vagões, com a Caixa Sagrada de Erick em suas mãos, a moça viu que Marcus encontrava-se novamente no trem.

Ela sempre o avistava, mas nunca tivera coragem de se aproximar para lhe agradecer por ter cuidado da queimadura em sua mão. O médico parecia sempre tão fechado, tão preso em seu mundo interior. Ficava a contemplar a belíssima paisagem ao redor do trem, sem desviar o olhar, sem nada dizer.

Entretanto, como o amor trouxera uma nova coragem ao seu peito, Cátia pela primeira vez ousou, sentindo-se estranhamente feliz por isso.

Sentou-se ao lado de Marcus, que segurava com força sua caixa dourada olhava ao longe, trajando uma veste inteiramente branca.

– Naquele dia não tive tempo de agradecer apropriadamente. Muito obrigada por cuidar de minha mão. Veja, as cicatrizes estão bem melhores – ela disse, mostrando a palma da mão machucada ao médico, que não olhou, nem por um segundo.

Cátia, aborrecida, disse mais uma vez:

– Senhor, eu apenas gostaria de lhe agradecer.

Ele, contudo, permanecia a fitar a paisagem, como se a atendente do trem não estivesse ao seu lado.

Estavam sozinhos em um vagão, e Cátia, que realmente sentia a coragem invadi-la, ficou em pé e, com voz autoritária, disse aos berros:

– O SENHOR É UM MAL-EDUCADO! EU ESTOU AGRADECENDO, ORAS!

Marcus continuava imóvel.

Cátia virou-se e marchou furiosa para fora daquele vagão. Entretanto, lançou um último olhar na direção de Marcus, muito irritada com tamanha falta de educação do médico. E foi nesse momento que ela reparou que ele havia começado a chorar.

Com uma voz fraca, o homem disse, entre lágrimas:

– Desculpe-me.

Cátia, percebendo que havia ido longe demais, voltou-se até o homem e sentou-se novamente ao seu lado:

– Eu é que devo desculpas, não deveria ter gritado.

– Você está certa. Eu sou mesmo um mal-educado.

O homem continuava a chorar, então, Cátia perguntou, sem jeito:

– Há algo que eu possa fazer para ajudá-lo?

– Não, infelizmente não – ele respondeu.

– Mesmo assim – a moça continuou –, posso emprestar meus ouvidos para que você desabafe.

– É muita gentileza – o médico falou, com lágrimas ainda mais abundantes escorrendo sobre sua face. – Ninguém nunca foi tão gentil comigo.

– Abra-se comigo – pediu Cátia.

– Eu sou o habitante mais velho desta cidade. Estou aqui há nove séculos. E, em todo esse tempo, meu coração não mudou. Não apresentou melhora alguma. Assim como minha imagem presa ao espelho. Eu continuo um prisioneiro de mim. Não tenho pistas de como irei curar-me. Estou desesperado. Tenho medo de ficar aqui para sempre. Passam-se os séculos, as pessoas fazem as travessias, mas eu permaneço aqui, congelado no tempo.

Dizendo isso, ele abriu a Caixa Sagrada que carregava e mostrou seu interior para Cátia.

Havia ali algo que, definitivamente, em nada se parecia com um coração. Era um emaranhado de fibras cardíacas, sem forma.

– Seu coração não tem forma... – Cátia deixou escapar, tamanha era sua perplexidade. Havia visto corações de todos os tipos que se possa imaginar desde que chegara à cidade. Contudo, nunca havia visto um coração que não era propriamente um coração. Parecia uma mancha que jazia ao fundo da caixa.

– Meu coração, minha vida, eu mesmo... Nada possui forma.

– Eu não sei o que dizer. Mas prometo, senhor Marcus, que, assim como o senhor me ajudou quando precisei, pensarei em uma forma de ajudá-lo.

– Não perca seu tempo... – ele ia dizendo, mas Cátia interrompeu-o:

– Não é perda de tempo. Eu tenho conseguido curar meu coração porque tenho ajuda. Não somos capazes de uma tarefa tão árdua sozinhos. Mas o senhor não está sozinho. Eu vou ajudá-lo.

Marcus vivia em um conjugado de seis quartos. Entretanto, seus outros cinco companheiros já haviam feito a travessia muitos anos antes. Dessa forma, ele vivia sozinho.

Para surpresa de todos, após a conversa com Cátia, o conjugado de Marcus simplesmente desapareceu. Sumiu, feito fumaça no tempo. E um quinto quarto surgiu no conjugado de Cátia, Lorena, Tadeu e Erick. Os quatro, entusiasmados, deram boas-vindas ao novo membro da família: o cidadão mais antigo daquela cidade!

Cátia ficou feliz. Quanto mais perto Marcus estivesse, maior seria sua chance de ajudá-lo. Embora ela ainda não tivesse a menor ideia de como proceder.

A vida no conjugado, agora com cinco quartos, seguia em paz. Cátia sentia-se feliz, de uma forma que nunca havia sentido. Novamente a assombravam as lembranças adormecidas de uma época anterior ao dia em que chegara à cidade. Contudo, as lembranças viviam em seu coração. Ela, de uma forma estranha, podia senti-las, mas não as formava em sua mente.

A jovem percebeu que, nos últimos tempos, Lorena encontrava-se mais calada. Fato que chamava muita atenção, visto que ela costumava ser alegre e falante o tempo todo.

– Minha amiga, como você está? – Cátia indagou, uma noite, quando foi ao quarto de Lorena – Estou preocupada com você.

– Não é nada, não se preocupe.

– Você não precisa ter segredos comigo, sabe disso.

– É o mesmo problema de muitos desta cidade. Não sei como cuidar do meu coração. Tenho ficado cada vez mais apreensiva, ao ver que você, o Erick e o Tadeu têm apresentado curas aceleradas. Tenho medo de ficar sozinha.

– Sua missão não é como a dos outros – disse Cátia. – Você tem uma chave para procurar, não se trata apenas de cura.

– Mas eu não tenho a menor pista – falou Lorena, chateada.

– O que lhe dá maior alegria em sua existência?

– Vocês – respondeu Lorena –, nossa família. E também meu ofício, e o Lucas, é claro.

– De que forma você ama o Lucas?

Irritada com a pergunta, Lorena disse:

– Não sei, como um irmão, talvez.

– Eu não sou o Oráculo – disse Cátia, rindo – mas tenho um palpite de que talvez seja mais que isso. E a resposta que você busca pode estar aí. Afinal, a doença de seu coração é que ele está literalmente trancado...

Lorena a interrompeu:

– Não fale o que você não sabe! Apenas eu sei o que sinto!

Dizendo isso, ela expulsou Cátia de seu quarto e fechou a porta com força.

Elas nunca mais tocaram naquele assunto.

Assim, os anos se passaram...

As manchas do coração de Cátia, aos cuidados de Erick, diminuíam gradativamente. E os espinhos do coração do rapaz também rareavam.

O conjugado onde viviam estava cada vez mais alegre: suas paredes agora eram brancas, havia mais de uma janela, que Erick insistia em decorar com lindos vasos de flor comprados na floricultura de Mona.

Um dia, Cátia teve uma grata surpresa ao acordar e olhar para o espelho: sua imagem, pela primeira vez, estava em pé, a caminhar... Ainda possuía expressões estranhas e um tanto vazias, mas o brilho da vida e do amor já podia ser visto.

O mesmo acontecia com a imagem de Erick em seu próprio espelho.

Com a chegada de Marcus, aquele conjugado passou a ser o lar de quatro corações em processo de cura, e um novo coração, ainda sem forma.

Tadeu continuava seu ofício na padaria e, para surpresa de todos, o seu coração era o que mais apresentava melhoras ao longo dos anos. Após completar pouco mais de três séculos de existência, o senhor acordou e viu que seu espelho estava vazio.

Ele abriu a Caixa Sagrada e, com um grito eufórico, chamou os familiares.

Cátia, Lorena, Erick e Marcus correram para o branco, arejado e lindo quarto que agora Tadeu possuía, e assustaram-se com o que viram. Seu coração antes era endurecido e pequeno, muito pequeno. Cátia lembrava-se bem dele. Havia sido o primeiro coração que vira na vida, fora o seu próprio.

Mas agora o órgão encontrava-se de tamanho normal, pulsando feliz, cheio de vida. Não estava endurecido, nem tampouco doente. Era sadio, perfeito. Era como qualquer um dos exemplares que ficavam no museu dos corações.

Tadeu, entre lágrimas, disse:

– Foram vocês. Eu vivi sozinho aqui por muito tempo e meu coração permaneceu praticamente o mesmo: doente, pequeno, duro. Mas cada um de vocês que chegou ao nosso conjugado trouxe um brilho à minha existência, trouxe o amor e o carinho de uma família. Aonde quer que eu vá agora, levarei vocês dentro do meu coração. Obrigado.

Os cinco, uma família tão inusitada, se abraçaram e choraram. Era muito difícil dizer adeus a Tadeu.

Cátia foi a última, e, entre lágrimas abundantes, falou:

– Você foi como um pai para mim. Ensinou-me tudo que sei sobre a vida, sobre esta cidade. Não consigo imaginar como vai ser a vida aqui sem você, sua companhia, sua amizade, seus conselhos...

– Por favor, não diga mais nada – pediu Tadeu, chorando copiosamente – senão não serei capaz de ir embora. Eu preciso seguir meu caminho. Meu coração me chama.

Ele deu um demorado beijo na testa de Cátia e, por fim, disse:

– Não sei o que encontrarei após minha travessia. Mas, de alguma forma, sinto que isto não é uma despedida.

Ao final daquela tarde, um clarão maravilhoso cobriu toda a cidade, como uma bênção dos céus. O Santuário abriu suas portas e uma música celestial foi ouvida.

Como se milhares de harpas invisíveis tocassem, Cátia disse para si mesma, recordando-se do primeiro clarão que vira. Fora ao lado de Tadeu. Muitas coisas maravilhosas ela vivera ao lado do simpático senhor. Agora era ele quem fazia a travessia. Era para ele que o céu se revestia de dourado, que a música era tocada, que o Santuário abria as portas...

Quando o clarão diminuiu, a música parou e o Santuário tornou a fechar as portas, Cátia, Lorena, Erick e Marcus se abraçaram e choraram por muito tempo.

O quarto de Tadeu permaneceria desocupado, por toda eternidade, e seu espelho ficaria vazio. Seu coração um dia pulsara doente. Mas agora era um novo coração – Cátia testemunhara o primeiro milagre de muitos que estavam por vir. Um coração forte, bonito, cheio de vida e saúde. O coração de um novo homem.

15

Pisando em pétalas

Levou muito tempo para que Cátia se acostumasse com a vida sem Tadeu. O conjugado, contudo, ficava a cada dia mais lindo, fato que lhe fazia lembrar que, onde o amigo estivesse, estaria feliz.

Mais uma vez, ela viu o tempo escorrer suavemente. Completou seu primeiro século de existência na cidade com uma bonita festa com os familiares e amigos.

Entretanto, algo a atormentava.

Um dia, ela abriu-se com Erick, o dono de seu coração:

– Meu amor, eu não estou bem.

– O que está acontecendo?

– Durante esses mais de cem anos de existência, as dúvidas têm me atormentado. Hora mais, hora menos. Entretanto, prometi ao Marcus, há alguns anos, que o ajudaria, e não sei o que fazer. Lorena também se encontra desesperada para achar a chave de seu coração. Não posso ver minha família, as pessoas que amo, passando por tudo isso sem nada fazer. Mas para ajudá-los eu preciso de respostas, preciso entender o que significam as nossas existências.

– Eu sempre admirei sua inteligência e sua curiosidade. Juntas, elas vão levar você até as respostas, meu bem – disse Erick. – Se eu fosse você, iria até o templo. Há alguns anos perdemos esse hábito. Talvez seja hora de pedir ajuda ao Sábio mais uma vez.

– Foi ele que nos uniu, lembra-se?

– Como eu poderia me esquecer? Foi ao sair do templo, após mais um dia de súplicas ao Sábio, que declaramos nosso amor. Ele nos trouxe as respostas e o alívio aos nossos corações naquele dia. Tenho certeza de que a ajudará desta vez também. Eu vou com você até lá.

– Não precisa. Eu gostaria de ir sozinha desta vez.

– Como quiser – falou Erick beijando-a. – Eu estarei esperando quando você voltar.

Eles despediram-se, e a jovem pegou o agradável caminho que conduzia ao templo.

Já era noite quando Cátia chegou ao local.

O templo estava ainda mais lindo, com suas luzes acesas. Tudo era dourado; ela sentia-se em um verdadeiro palácio. Tirou os sapatos e entrou, pisando no vasto tapete de pétalas brancas que cobria cada centímetro do piso do local.

Percebeu que Moisés não se encontrava, provavelmente pelo horário, e poucas pessoas estavam sentadas nas almofadas.

Cátia escolheu uma e sentou-se.

Perdeu a noção de quanto tempo passou ali, dialogando com o Sábio. Pedia respostas, pedia alívio ao seu coração e, acima de tudo, pedia que pudesse encontrar uma forma de ajudar Lorena e Marcus. Então, após a sincera prece, ela levantou-se e, com suavidade, caminhou sobre as pétalas, até o altar.

Ficou, por uma fração de instantes, contemplando a rosa branca que ali se encontrava, a flutuar... Então, como se a planta pudesse escutá-la, disse, com uma lágrima brotando de um dos olhos:

– Eu não estarei completamente feliz, se aqueles que amo não estiverem também.

Da rosa branca no altar surgiu um clarão. O mesmo que cobria a cidade todas as vezes que alguém fazia a travessia.

Era um clarão maravilhoso, que logo revestiu todo o interior do templo. Parecia mágica, mas as pessoas ao redor sumiram da visão de Cátia. Era como se apenas ela e a rosa branca estivessem ali agora.

O tempo e o espaço pareciam ter sido congelados.

Então o clarão se desfez, e em seu lugar alguém veio caminhando ao encontro de Cátia.

Era um homem de meia-idade, pele branca, cabelos pretos penteados para trás; alto, comum. Entretanto, era extremamente simpático e possuía o sorriso mais bondoso que a jovem já vira.

Ele abriu os braços em sua direção e disse:

– Estou muito orgulhoso de você.

Cátia correu e o abraçou. Sentia um carinho inexplicável por aquele homem. Sentia-se agora em braços reconfortantes, capazes de aliviar qualquer dor, qualquer sofrimento.

Então, ela olhou para seu rosto bondoso e indagou:

– Você é o Sábio?

Sorrindo, ele acenou com a cabeça, dizendo que sim...

16

O passado dói

Sentindo uma paz inexplicável, Cátia separou-se dos braços do Sábio e, fitando-o, disse:

– Eu pedi muito sua ajuda esta noite.

– Por isso estou aqui – ele respondeu com bondade.

– Eu preciso ajudar meus familiares que ainda não encontraram o caminho da cura para seus corações.

Cátia chorava, pela sinceridade de seu pedido, e pela emoção daquele encontro.

– Minha querida – disse o homem –, foi o seu coração que a trouxe até mim.

– Como assim?

– Seu coração, ao desejar não apenas a própria cura, mas o bem de outros, exalou bondade e, assim, pude me aproximar. O que posso fazer para ajudá-la, Cátia?

– Você me conhece?

– Conheço cada um de vocês.

– Quem é você?

– Eu sou você. Eu sou o seu coração. Sou cada um que vive nesta cidade.

– E quem sou eu?

Ao fazer tal pergunta, Cátia sentiu uma forte dor de cabeça e caiu ao chão. Gritava de dor, e, entre lágrimas, olhou para o Sábio, pedindo ajuda. Ele, ainda com um bondoso sorriso, respondeu:

– Não se assuste. São as lembranças. Elas finalmente ganharam forma em sua mente. Elas doem porque são, de fato, terríveis. Deixe-as entrar. Todas as respostas de que precisa estão no passado.

Cátia confiava no Sábio. Depositara sua fé nele. Sendo assim, fez o que ele dissera, e deixou que as lembranças a dominassem por completo.

Viu-se em outra época, em outro local. Era ela. Fisicamente era ela, mas parecia outra vida... outra existência.

Era uma fria madrugada. Cátia corria, de braços dados com Lorena. Ambas riam descontroladamente. Cátia segurava um pequeno pacote na mão livre e, ao dobrarem uma esquina, ela abriu o pacote e disse:

– Essa é das boas. Estou querendo diluir e injetar.

As amigas riam descontroladamente. Então tudo se tornou fumaça e outra lembrança dominou a mente de Cátia.

Ela via um conhecido senhor, com uma tatuagem no pescoço e um dente de ouro... Era Tadeu. Ele a conduzia, junto de Lorena, para uma rua escondida, estreita, escura e suja... Lá, muitas pessoas encontravam-se aos cantos. Tadeu disse:

– Aqui no beco, garanto que a polícia não as perturbará, e vocês conseguirão produto de boa qualidade. Além disso, farão muitos amigos... Somos como uma família aqui.

A lembrança novamente se desfez e outra tomou seu lugar.

Era dia de festa no beco.

Cátia e Lorena tinham, agora, uma grande turma de "amigos" e com eles passavam as noites, rindo, ouvindo música, bebendo e se drogando...

A jovem viu quando o dia amanheceu e ela ainda se encontrava no beco. Depois foi para casa.

Cátia, contemplando a si própria e as cenas de suas memórias, como se assistisse a um filme, assustou-se ao ver a linda casa onde vivia, em um bairro nobre do Rio de Janeiro, e, assustou-se ainda mais ao ver que a mãe, Andreia, a esperava pela manhã.

– Isso são horas?

Cátia apenas ria.

– Você está bêbada e drogada! – Andreia continuava a gritar. – Como pode fazer isso, minha filha, nós a amamos tanto. O que você quer, me diga, eu faço qualquer coisa!

Andreia soluçava. Então, sem piedade alguma, Cátia, com as pupilas dilatadas, o corpo castigado, suor a escorrer pela face, e o hálito cheirando a álcool, respondeu:

– Eu quero você bem longe de mim. Eu odeio você, odeio o papai. Odeio esta casa.

A jovem subiu para o quarto, onde caiu na cama, desmaiada. O sol brilhava forte através da janela.

Cátia permanecia caída no chão do templo. O Sábio a fitava. Então, quando ela finalmente olhou em sua direção, o bondoso homem disse:

– Você, como muitos, fez escolhas erradas, Cátia. Você me perguntou quem é... E eu digo-lhe, agora que viu as lembranças: você é o resultado de suas ações do passado.

A jovem chorava copiosamente. O Sábio continuou:

– Esta cidade está localizada em uma dimensão paralela à Terra. É uma espécie de pronto-socorro. Para cá são direcionados os corações que estão em fase terminal. Apenas em fase terminal. Você e cada um dos que aqui vivem têm uma última chance para salvar suas vidas... Se, quando fizerem a travessia, não optarem pela mudança, então será o fim de seus corações de fato.

– Mas nós passamos séculos aqui, como podemos voltar de onde paramos? – a moça quis saber, confusa.

– O tempo não existe – disse o Sábio, com um amplo sorriso.

Cátia, agora mais recuperada, sentou-se em uma almofada, refletindo sobre tudo. O Sábio continuou as explicações:

– Eu recebo cada cidadão no momento da travessia. Aconselho e encorajo-o a levar consigo as lições de nossa cidade. Entretanto, antes do momento da travessia, nunca havia aparecido para cidadão algum. Você sempre foi diferente, Cátia. Apesar de cometer erros terríveis, você surpreendeu-me quando se tornou efetiva em seu ofício em apenas um dia. O próprio Oráculo encontrou dificuldade em direcioná-la, lembra-se? Ele teve que olhar dentro de seus olhos... Você é, por si só, um mistério... Mas eu a desvendei nesse um século que já passou nesta cidade. Você é boa, Cátia. Você vem de uma família maravilhosa, foi criada com muito amor; foi educada nas melhores escolas e foi conduzida para ser uma pessoa de bem. Entretanto, aí entra o peso das escolhas. Você teve medo da felicidade. Era tudo perfeito demais em sua vida. Você quis arriscar, quis ousar... E ousou demais, arriscou demais.Arriscou sua vida, a vida de sua família, o seu coração. Família essa que errou, talvez, por amá-la demais.

– Eu não entendo... – ela ia dizendo. Mas o Sábio prosseguiu:

– Sua essência é boa, por isso você adaptou-se tão fácil a tudo aqui. E por isso lhe foi concedido o privilégio de reparar um grave dano do passado.

– Qual dano?

– Estava escrito em seu destino – o homem explicou – que há dois anos, durante a faculdade, você conheceria um jovem recém-formado, que trabalhava em sua universidade, no Centro de Pesquisas. Era um jovem que mudaria sua vida, trazendo-lhe, pela primeira vez, o amor.

– Erick? – Cátia indagou.

– Sim, Erick. Porém, você estava tão ocupada fazendo as escolhas erradas, que não permitiu que Erick entrasse em sua vida quando deveria. O coração do rapaz sentiu-se cada vez mais sozinho, por não encontrar a companheira que tanto desejava. Então ele também passou a fazer escolhas erradas, ferindo o próprio coração com espinhos... Até que também veio parar aqui. Vocês tiveram a chance de se encontrar nesta dimensão e, no amor verdadeiro, encontraram uma cura para seus corações. Não desperdice esta oportunidade.

Olhando para o templo, como um todo, o Sábio disse:

– Todo coração é frágil e sofre pelos erros cometidos por seus donos. Cada coração, em nossa cidade, possui duas representações: uma é coletiva. Cada conjugado possui a aparência de acordo com a família que ali vive. Acredito que você tenha reparado que, na medida em que você e seus familiares tornaram-se mais próximos, unidos e passaram a realmente se importar uns com os outros, a aparência da casa onde vocês vivem tornou-se também mais agradável. A segunda representação de um coração, nesta cidade, é individual. Trata-se do espelho. Ele guarda a imagem verdadeira do que a doença cardíaca trouxe à alma de cada um. Na maioria das vezes, as pessoas mantêm uma falsa aparência de tranquilidade, mas, por dentro, estão em fase terminal... Aquele espelho nos permite ver como somos por dentro. Ele nunca mente.

O Sábio foi interrompido por um barulho de choro. Parecia um choro de criança. Uma Caixa Sagrada surgiu em meio ao templo, flutuando, tal qual a rosa branca. O homem foi ao seu alcance e, então, a levou para Cátia. A moça abriu aquela linda caixinha dourada com cuidado. Quando visualizou seu interior, assustou-se: dentro da caixa havia um coração, a chorar grossas e sofridas lágrimas. O coração estava em prantos.

Na parte superior da Caixa Sagrada havia um nome talhado: ANDREIA. Também entre lágrimas, Cátia perguntou:

– Esta caixa é da minha mãe?

– Sim. Você feriu tanto a pobre mulher que ela já não encontra felicidade na vida. Seu coração chora, doente... Mas eu a conheço, Cátia, sei que você é capaz de mudar o próprio destino, e o destino daqueles que ama. Foi esse amor, essa preocupação com os outros que fez eu me apresentar a você esta noite. Preciso fazer-lhe uma proposta. Depende apenas de você que sua mãe não venha, de fato, para esta cidade. A Caixa Sagrada de Andreia está pronta, mas cabe a você, na verdade, fazer seu coração voltar a sorrir. Você, agora, sabe a verdade, Cátia. Não se trata de destino, e sim de escolha. Está pronta?

17

Corações em fase terminal

Andreia era uma mulher adorável, simples, generosa, exemplo de mãe e esposa. Cátia sentiu dor ao ver o coração da mãe, literalmente em prantos...

– Qual é a proposta que você tem para me fazer?

– Você – disse o Sábio – apresentou grande cura para seu coração e, nos próximos anos, já poderia fazer a travessia. Entretanto, se não quiser que sua mãe venha para esta cidade, deve aumentar sua permanência aqui em um século para cuidar do coração dela.

– Eu aceito – respondeu Cátia, sem nem ao menos precisar pensar a respeito.

– Você está certa de sua decisão? Erick está no mesmo estágio de cura que você, e logo irá embora...

Pensando em como seria doloroso ver Erick partir e ficar um século longe do seu amor, Cátia resolveu que era hora de crescer, ser forte em suas decisões e ajudar a mãe. Afinal, fora ela a responsável pelo sofrimento de Andreia; um século cuidando de seu coração era o mínimo que ela poderia fazer.

– Sábio – disse Cátia, após tomar a Caixa Sagrada de Andreia nas mãos –, antes que você vá embora, eu preciso que me ajude a entender o que se passa com os meus amigos...

Nesse exato momento, Cátia viu um filme rodar em sua mente.

Cenas aceleradas, de momentos cruciais, lhe eram mostradas, para que ela compreendesse tudo a respeito daqueles que amava. E não se tratava apenas de Lorena e Marcus, o Sábio permitiu que ela encontrasse muitas respostas...

Primeiro, viu Mona, a dona da floricultura, cujo coração sangrava de forma tão intensa que assustara Cátia quando o viu pela primeira vez.

Mona era, em sua existência na Terra, dona de uma enorme indústria, que causava graves danos à natureza diariamente há anos. Se as plantas pudessem, estariam sangrando, tamanhos eram os extermínios e os massacres cometidos sob o comando de Mona. Assim, ela perdera-se em meio à industrialização desenfreada, perdendo também, ao longo dos anos, os valores reais da vida... E, como a natureza ao redor, devastada por seus domínios, seu coração sangrava.

Quanto a Francisco, seu marido, eles haviam esquecido o amor que tinham um pelo outro e foram resgatá-lo nesta outra dimensão.

Em seguida, Cátia viu um novo filme. Era o prefeito Lufindo. Aquele que, há pouco tempo, havia lhe mostrado seu coração apodrecido e com odor fétido. Cátia assistia agora à sua vida... Na Terra, ele era um governante que, com meios inescrupulosos, e sempre pensando no benefício próprio, desviara verba que seria destinada a alimentação, educação e saúde de milhares de crianças. O Sábio foi enérgico ao ponderar que, por esse motivo, ele governava aquela cidade havia muitos séculos e permaneceria ali ainda por muitos outros, até que seu coração estivesse livre da ganância, que causara seu próprio apodrecimento.

Um novo filme começou e, desta vez, Cátia assistia à vida de Linda. A mulher loira cujo coração causara graves queimaduras na palma da mão de Cátia. Linda, na dimensão da Terra, era uma modelo muito famosa e reconhecida internacionalmente. Entretanto, apenas gastava seu dinheiro com futilidades e maltratava a todos, julgando-se superior. A cada palavra que proferia para vangloriar-se ou humilhar alguém – fato que ocorria diversas vezes a cada dia –, o coração de Linda soltava uma nova chama, que a queimava por dentro. O ardor de suas palavras, carregadas de orgulho, também ateava fogo em seu peito.

Em seguida, Cátia foi apresentada a cenas da vida de Rubens, o responsável pelo museu dos corações, que ela conhecera no dia em que chegou à cidade. O homem, na Terra, possuía uma linda e produtiva extensão de terra com um sócio. Entretanto, ao longo dos anos, roubou o parceiro de negócios, levando-o à miséria, e tornou-se absurdamente rico. Incapaz de gerenciar a própria terra com honestidade, ele estava, agora, preso há séculos nesta outra dimensão, gerenciando um museu repleto de corações sadios, que lhe serviam de exemplo. Cada um dos anos que ele passou planejando e aplicando o golpe ao sócio fizera com que uma larva surgisse em seu coração, e, agora, se alimentasse de suas fibras, e inclusive se multiplicasse, gerando novas larvas no órgão, que estava todo tomado.

Então foi a vez de assistir a uma cena da vida de Renê, o maquinista do trem. Não era grande surpresa. Renê era demasiadamente agitado. Trabalhava em um importante jornal e, em razão do estresse que ele mesmo se impunha, não tinha tempo para nada além do trabalho. Cada minuto de agitação excessiva, estresse desordenado, descontrole, ira, ou mesmo cada minuto no qual não prestava atenção às coisas importantes que aconteciam ao seu redor, um novo ramo de erva daninha brotava em seu coração, até que o órgão ficou tomado por completo pela praga.

Moisés, o guardador do templo, por sua vez, na Terra, tinha sido um palestrante religioso. Entretanto, suas palavras eram vãs. Ele não as praticava, apenas as repetia, cobrando de todos por seus bons atos e punindo aqueles que não lhe davam ouvidos. Assim, suas belas palavras, que não eram ouvidas verdadeiramente por ele próprio, no lugar de tornarem-se alívio ao seu coração, haviam se tornado um tipo de veneno, que tirava a vida do órgão, pouco a pouco. Até que seu coração encontrou-se demasiadamente fraco, sentindo o peso aumentar a cada batida; tornou-se branco e chegou à sua fase terminal.

Em seguida, Cátia assistiu a cenas de Erick. Ele trabalhava no Centro de Pesquisas de uma universidade; entretanto, quando a solidão pesou sobre seus ombros, por não ter uma companheira, entrou em depressão severa. Cada um de seus pensamentos autodestrutivos materializou-se em um espinho enfiado em seu coração. Nesse momento, Cátia sentiu-se culpada. Sabia que, por erros seus, ela e Erick não se encontraram quando deveriam.

Cátia viu também uma cena da vida de Lucas. Jovem e bonito, ele desperdiçara a juventude em noites incontáveis de meros prazeres, sem dar valor ao amor verdadeiro. O Sábio contou a Cátia que ele e Lorena também deveriam estar juntos na vida na Terra e, inclusive, planejando casamento. Entretanto, ele não dera espaço ao amor. Assim, Cátia lembrou-se de Lorena. Elas eram amigas de infância e Lorena sempre fora apaixonada por seu vizinho, Lucas. Contudo, ele não lhe dera atenção, não querendo fixar compromisso com mulher alguma. Assim, Lorena perdera-se junto com Cátia no mundo do vício, por causa do grande amor não correspondido que vivia. Além disso, ela trancara, segundo dizia, para sempre o seu coração. Nunca o abrira para o amor, para a vida, não dera uma segunda chance a si mesma. Assim, o buraco de fechadura de seu órgão naquela dimensão era a prova de que ele estava trancado e, sua chave, perdida.

Embora tivesse visto a curta cena com Tadeu no beco instantes antes, Cátia tornou a vê-lo e pôde compreender que ele largara a própria família pelo mundo do tráfico. Assim, o que salvou seu coração foi a oportunidade de ter uma família novamente e, ao lado dos amigos do conjugado, viver o amor fraterno, que fora alívio imediato para sua doença cardíaca. Quando fez a travessia, Tadeu possuía um coração renovado, bonito e saudável. Entretanto, quando chegara a esta dimensão, há séculos, seu coração era pequeno e endurecido, exatamente como uma pedra, fato que ocorrera quando abandonou a família na Terra e tirou de perto de si os afetos verdadeiros. Além disso, fornecia elementos ilícitos a inúmeras pessoas todos os dias. Na nova dimensão, fora responsável por levar pão às mesas.

E, para finalizar, Cátia assistiu ao filme que resumia a vida de Marcus. Na Terra, ele era um médico que cometia atos ilegais e era responsável por realizar procedimentos duvidosos por dinheiro fácil. Dentre eles, realizava abortos quase diariamente, colocando em risco, inclusive, a saúde de diversas mulheres. Todas as vezes em que desfazia uma criança dentro de um útero, seu coração também perdia um pouco de sua forma, até tornar-se completamente desfigurado.

Ao final de todas aquelas cenas, o Sábio acrescentou:

– Foi-lhe dado o consentimento para ter todas essas informações valiosas. Saiba, agora, aproveitá-las. Você tem o caminho aberto para ajudar seus amigos. Não será tarefa fácil, contudo.

– Estou assustada com tudo o que vi – Cátia disse, sentada na almofada, em meio às pétalas brancas, suando e tremendo, pelo nervosismo daqueles instantes em que assistia aos amigos acabarem com os próprios corações.

– Não fique assustada e, principalmente, não julgue ninguém. Se fizer isso, poderão crescer novas manchas em seu coração. Lembre-se de que esta dimensão existe apenas para aqueles que estão em estágio terminal. É realmente uma última chance. Para a maioria das pessoas, que ainda não chegou ao estágio final, novas chances são dadas a cada dia.

– Se nós soubéssemos disso, quando estamos na dimensão da Terra...

– Vocês sabem – interrompeu-a o Sábio. – Todos, no fundo, sabem.

– Eu nunca me esquecerei de nosso encontro, e sei que, mesmo após a travessia, meu coração também não se esquecerá dos ensinamentos desta noite – disse Cátia, emocionada, indo abraçar o Sábio mais uma vez.

– Minha querida, eu existo para ajudá-la. Quando quiser conversar, estarei sempre pronto para ouvir. Continue no caminho da cura para seu coração, para o de sua mãe e de seus amigos, que estarei sempre lhe estendendo os braços.

Após abrir mais um amplo e generoso sorriso, o Sábio desapareceu no ar.

Cátia percebeu que o tempo voltou a marchar.

Havia, novamente, outras pessoas rezando no templo. Entretanto, elas não haviam visto nada do que acontecera entre Cátia e o Sábio. Aquele momento seria, para sempre, o segredo mais valioso da jovem atendente do trem, que, aliás, desconfiava de que seu ofício se devia ao fato de que ela, na Terra, após entrar no mundo dos vícios, deixara de prestar atenção aos problemas alheios, embora antes tivesse sido criada em um lar regido pela caridade e bondade. Os vícios haviam feito ela se esquecer de quem realmente era. Mas, nesta outra dimensão, ela não tinha como fugir de sua essência, que era boa – apenas fora camuflada na Terra. Aquela dimensão nada mais era que um encontro de cada cidadão em fase terminal consigo mesmo. Não havia como fugir da verdade.

Então, agora, tudo o que Cátia fazia era percorrer o mesmo caminho todos os dias sobre o trilho dos trens, ouvindo histórias e vendo beleza em cada pessoa. O Sábio se apresentara a ela, pois nesta noite ela havia assumido que voltaria a ser a Cátia que os pais haviam criado. A Cátia que se preocupava com os sentimentos alheios. A Cátia capaz de amar. Ela reencontrara-se dentro de si mesma.

A jovem saiu do templo, segurando a Caixa Sagrada daqueles que tanto amava: em uma mão levava a de Erick, seu coração com alguns espinhos restantes, e na outra a caixa de Andreia, na qual o coração da mulher chorava sem parar.

Chorava com força, sentindo dor.

18

Os próximos cem anos

O encontro com o Sábio realmente mudou a existência de Cátia. Deu uma nova direção aos pensamentos, sentimentos e ações da jovem.

Ela agora era capaz de ver através de cada par de olhos tristes. Era capaz de compreender cada coração que queimava, chorava, sangrava... Era capaz de compreender a si própria. A pessoa que havia sido, há mais de um século e ao mesmo tempo há tempo algum. A pessoa que ela era fundira-se a uma nova Cátia naquela dimensão, fazendo com que agora, pela primeira vez, ela pudesse compreender-se e aceitar-se por completo.

Ela era ela. Naquele instante, pela primeira vez.

Na Terra, no mundo dos vícios, camuflara seu lado bom. Cedendo espaço a seus instintos animalescos, a seus piores defeitos. Com o tempo, na nova dimensão, reencontrou-se, dando espaço para que seu lado bom prevalecesse, pelo amor de Erick e dos amigos.

Agora, entretanto, aceitava-se e conhecia-se. Com seus erros e acertos; qualidades e defeitos. Ela era ela.

Estava disposta a corrigir antigos equívocos e a reinventar-se... Isso sim! Porém, mais que tudo, estava disposta a amar-se verdadeiramente. E essa seria a última etapa da cura para seu coração...

Com o passar dos anos, ela desenvolveu uma nova tática para ajudar Lorena. A amiga não aceitava que amava Lucas. Não estava disposta a abrir o coração.

Então, uma vez por semana, Cátia convidava Lorena para um passeio de trem, e assim elas tinham um valioso tempo a sós. Aquele passeio, de fato, parecia mágico.

A leveza da paisagem ao redor, a magnitude do Santuário, das cachoeiras, dos lagos, das nuvens em forma de coração que quase podiam ser tocadas... Tudo aquilo parecia revelar o que há de mais belo em cada coração. Cátia descobrira aquilo tudo e, ao chamar Lorena para o passeio, pôde, aos poucos, ajudar a amiga a conhecer-se.

Lorena tinha lembranças que não sabia explicar, de uma época em que amava Lucas. Agora, contudo, sentia medo de amá-lo.

Mas com a intervenção amiga de Cátia, ela finalmente compreendeu tudo. Após mais um passeio de trem, foi até o quarto isolado onde Lucas vivia.

– Você é um cabeça-dura – Lorena disse, assim que Lucas abriu a porta.

– Do que você está falando? – ele quis saber, abrindo caminho para que a colega de ofício entrasse.

Lorena reparou que o quarto de Lucas era cinzento e pálido. Ela sentia frio ali.

Viu o espelho na parede. Lá estava a imagem de Lucas – repugnante, sombria, quase sem vida.

Disfarçando o assombro, Lorena continuou a dizer:

– Já se passaram muitos e muitos anos, e até hoje você não permitiu que eu visse o seu coração.

– E não vou permitir – ele respondeu. – Ninguém, jamais, verá o que há em minha Caixa Sagrada.

– Você não confia em mim – Lorena disse, com lágrimas começando a brotar dos olhos. – Você é infeliz, e não aceita ajuda. Eu sei que você ainda não encontrou o caminho de sua cura. Eu estava disposta a ajudá-lo. Mas agora vou pedir que o prefeito e o Oráculo mudem o meu ofício. Eu não quero mais vê-lo, Lucas.

Dizendo isso, a moça deixou o aposento do amigo e saiu para a rua. Caminhou de forma lenta até seu conjugado, com esperanças de que Lucas viesse ao seu encontro. Mas ele não veio.

Então, aborrecida, e sentindo o coração doer, Lorena entrou em seu quarto e, após muito chorar, adormeceu.

Uma chave dourada brilhava ao longe. Tudo era claro e lindo. Lorena corria entre as montanhas, os lagos. A belíssima paisagem a rodeava.

– A chave! Preciso da chave!

Ela estava tão próxima, mas, ao mesmo tempo, tão distante.

A moça corria para alcançá-la, mas ela era inatingível.

Então o tempo se fechou, e uma forte tempestade começou a lavar tudo ao redor, com fúria.

Cátia apareceu em meio à chuva, dizendo:

– Você precisa aceitar o amor para abrir seu coração.

– Mas ele não me ama! – Lorena berrava, aos prantos.

Suas lágrimas misturavam-se à chuva que lhe encharcava a alma.

Lorena caiu em meio à lama que havia se formado. A belíssima paisagem montanhesca agora parecia o próprio inferno.

Ela chafurdava na lama, e a chave voava livre, cada vez mais longe do seu alcance.

Cátia entrou na lama, por vontade própria, e disse:

– Eu te amo como uma irmã, Lorena. Se você quer afundar-se na lama, eu irei com você. Mas lembre-se: é tudo uma questão de escolha. A qualquer hora você pode sair deste lugar e pegar a chave...

Lorena acordou assustada. Respiração ofegante. Suor na face.

Havia sido real. Havia sido mais que um mero sonho, ou pesadelo...

Ela vestiu-se e saiu do conjugado, pela noite fria e escura.

Caminhou alguns quarteirões completamente sozinha. O peso da noite caía sobre seus ombros, e o silêncio, quebrado apenas pelo ecoar de seus passos, a amedrontava. A luz bruxuleante dos castiçais, que ladeavam as calçadas, formava sombras assustadoras.

Então sentiu que não estava mais sozinha.

Uma força boa a envolveu. O medo, a solidão, o vazio, tudo se desfez, e Lorena soube quem andava em sua direção pela noite escura.

– Lucas, o que você faz aqui?

– Eu não consegui dormir. Tive pesadelos a noite toda – ele disse, sem saber que o mesmo ocorrera com Lorena. – Eu vim pedir perdão e implorar que abra minha Caixa Sagrada e veja o meu coração.

Lorena sorriu, de uma forma pura e verdadeira, como nunca havia sorrido.

Então, sem hesitar, abriu a caixa de Lucas.

Havia cacos em seu interior. Seu coração estava desfeito, em minúsculos e numerosos caquinhos... E, em meio a tudo, havia uma chave dourada, maravilhosa. Parecia a chave de um palácio. E, de certa forma, era.

Sem nada dizer, Lucas tomou a chave entre as mãos, abriu a Caixa Sagrada de Lorena e colocou a chave no buraco de fechadura que havia no coração da moça. O coração soltou um profundo suspiro de alívio e passou a bater mais feliz. No mesmo instante, os cacos na Caixa Sagrada de Lucas se uniram, remendando-se pouco a pouco.

No dia seguinte, Cátia surpreendeu-se com a história da união de Lorena e Lucas.

Não era preciso que o Sábio lhe dissesse desta vez. Cátia sabia a respeito dos erros de Lorena e Lucas na Terra. Sabia que o rapaz, em cada aventura leviana que vivera, quebrara uma parte de seu coração, até ele se transformar em caquinhos, ao mesmo tempo em que se distanciava de Lorena. Ele vivia sozinho na cidade naquela dimensão, e não em um conjugado, pois, na Terra, estava sempre cercado por muitas pessoas, de forma fútil, grosseira, mentirosa... Apenas aparências.

Agora, contudo, os corações de ambos apresentavam cura acelerada, e Cátia soube, mais uma vez, que fora o amor que trouxera a redenção àqueles jovens. Após eles se abrirem, saíram de seu estágio terminal e voltaram a viver.

Com o passar dos anos, Cátia começou a sentir o peso de sua escolha. Ela assistiu ao clarão dourado inúmeras vezes e viu as portas do Santuário se abrirem. A cada amigo que ia, um vazio ficava.

Renê, Mona, Linda fizeram a travessia e, após um tempo, Rubens também partira – sem as larvas.

Lufindo, segundo o Sábio lhe contara, ainda permaneceria por muitos séculos na cidade. A podridão de seu coração ainda era visível; entretanto, o amor que direcionava ao ofício de governar a cidade o salvaria. Mas de forma lenta, proporcional aos erros que ele cometera como governante na Terra.

Chegou o dia de dizer adeus a Lorena e Lucas. Ou melhor, dizer "até logo". Eles haviam sido os únicos a compartilhar um ofício na cidade, e agora seriam os únicos a fazer a travessia unidos – que sempre ocorria de forma individual.

Foi lindo de ver. O clarão foi ainda mais intenso, e a música celestial tocada no instante em que o Santuário abriu as portas ainda mais apaixonada.

Mas nada havia sido tão difícil quanto o dia em que Erick acordou e viu que seu espelho estava vazio: ele estava livre, curado.

Seu coração estava livre de qualquer espinho. Algumas cicatrizes mais profundas permaneciam, mas sim, ele estava pronto para a travessia.

Ele e Cátia foram até o templo, o lugar que os unira.

Subiram a escadaria, tiraram os sapatos e, lá dentro, ajoelharam-se em frente ao altar, onde a rosa branca flutuava, e abraçaram-se pelo espaço de uma eternidade.

Ele devolveu a Caixa Sagrada de Cátia, da qual cuidara por todos aqueles anos. Não havia mais manchas em seu coração. Ele também estava completamente curado. Eram dois corações renovados; recriados através do amor.

Entretanto, Cátia teria que permanecer mais um século na cidade, cuidando do coração da mãe, que chorava feito criança.

Ela devolveu a Caixa Sagrada do rapaz, com seu coração pronto para a travessia.

A dor da separação era intensa. Erick apenas disse:

– Eu amo você, Cátia.

Ela não conseguiu responder. As lágrimas a sufocavam. Apenas beijou o rapaz com força. Depois fechou os olhos e permitiu que ele partisse.

Cátia permaneceu no templo, rezando. Ainda estava lá, em uma almofada em meio às pétalas brancas, quando o clarão dourado cobriu toda a cidade e a música celestial foi ouvida por todos os cantos.

Quando o clarão se desfez e a música cessou, ela ainda continuou a rezar, pedindo forças ao Sábio para suportar aquele século longe do seu amor, o responsável pela salvação de sua vida, pela cura completa de seu coração.

Os cem anos que se seguiram foram difíceis sem Erick, Tadeu e Lorena. Entretanto, havia um novo padeiro, um novo – e único – radialista, e outro chefe do Centro de Pesquisas da Universidade dos Corações; assim como o trem tinha agora um novo maquinista, e a floricultura, uma nova dona. A cidade se reinventava. O coração de Andreia, aos poucos, diminuía seu pranto estridente, e agora chorava baixinho, entre poucos soluços, na Caixa Sagrada que Cátia carregava consigo.

Ela ia todos os dias ao templo e pedia que o Sábio cuidasse daqueles que amava, mas estavam longe de sua visão.

Moisés continuava no templo, como seu fiel guardador. E, na última vez que o viu, Cátia notou que um pequeno conjunto de células já ganhava vermelhidão em seu coração. Era a vida que voltava àquele órgão esbranquiçado. Ela ficou feliz, pois, naqueles últimos cem anos, ele e Lufindo apresentavam sinais de melhora, embora ainda fossem permanecer na cidade por um tempo incalculável.

Dos antigos afetos, Marcus continuava fielmente ao seu lado. O conjugado, com três quartos vazios, agora era ocupado apenas por ele e Cátia. O local estava cada dia mais lindo e arejado, com muitas janelas, paredes brancas com ornamentos dourados, quadros e flores por toda parte.

Eles tornaram-se grandes amigos e, todos os dias, caminhavam juntos, conversando sobre a vida na cidade. Marcus não mais parecia aquele homem frio e distante que Cátia conhecera no trem. Após o encontro com o Sábio, há muitos anos, Cátia aconselhara o médico a não apenas atender os pacientes por pagamento. Assim, a moça apresentara a ele a caridade. Agora, Marcus trabalhava normalmente, por seu salário, pois precisava garantir o próprio sustento. Então, após o expediente, ajudava pessoas que estavam extremamente debilitadas. Os piores casos de doenças cardíacas já vistas. Na maioria das vezes, ele não tinha muitos recursos médicos para ajudar casos tão terminais; por isso oferecia palavras amigas, ou emprestava seus ouvidos para os desabafos dos cidadãos, como Cátia fizera com ele uma vez no trem.

Assim, aos poucos, seu coração voltava a ganhar forma.

Os cem anos se passaram. Com alegria, Cátia seguiu cumprindo seu ofício no trem, sempre ajudando as pessoas e sempre contemplando a beleza dentro e fora do veículo – fora, a cada nova curva pelas magníficas paisagens daquela dimensão; dentro, em cada pessoa, em cada par de olhos que guardava uma história, em cada coração.

Falando em coração, um dia ela acordou e notou que o quarto estava em silêncio. Pela primeira vez não ouvia os soluços vindos da Caixa Sagrada de Andreia.

Levantou-se e correu olhar para o espelho. Sua imagem, desde a chegada de Erick, apresentara melhoras constantes, e naqueles últimos cem anos, estava em pé, a caminhar alegremente pelo espelho, com os braços soltos e as expressões cada vez mais amenas. Contudo, desta vez, ela não estava mais lá. Havia sumido.

Cátia estava livre. Andreia estava livre.

Era hora de fazer a travessia.

Ela pegou as duas caixas que levava consigo – a sua e a da mãe. Olhou ao seu redor. Seu quarto era colorido, vivo. Aqueles séculos haviam feito dele a melhor e mais linda morada com que se possa sonhar. Ele era como o coração de Cátia: cheio de vida.

Ela sentiria falta daquele lugar. Crescera e reinventara-se ali. Dizer adeus era mais difícil do que havia previsto.

Então, como uma mulher livre, ela saiu de seu aposento.

Despediu-se de Marcus, feliz ao ver que o coração do amigo, definitivamente ganhava forma; inclusive já parecia um coração.

Então, sem pensar, andou pela cidade, em direção ao Santuário. Contudo, ele ainda parecia inatingível.

Cátia não sabia como proceder.

19

A travessia

Ela caminhou por muito tempo até chegar às montanhas. Seu coração a conduzia para o caminho certo.

Ao pé da montanha mais bela e alta ela parou, contemplando no alto o Santuário: *perfeito.*

Realmente não sabia o que fazer. Era impossível escalar aquela montanha.

Então, em um dos momentos mais belos que Cátia já vivera, uma escada começou a ser desenhada no ar.

Era uma escada maravilhosa; parecia feita de ouro.

A cada degrau que Cátia subia, um novo se formava.

Ao longe estava a cidade, linda, construída no vale entre as montanhas. E também o trem, apitando enquanto deslizava sobre seus trilhos. E as nuvens e árvores, tudo em formato de coração.

Com as duas Caixas Sagradas nas mãos, Cátia continuou a subir, maravilhada a cada novo degrau, extasiada com a paz daquele momento.

Então, após incontáveis degraus, a escada terminou, deixando-a na porta do Santuário.

Ela o contemplou por alguns instantes. Estava a poucos metros de distância. Era uma construção infinitamente bela.

Duas estátuas de mármore conduziam à entrada, esculpidas em algo semelhante ao ouro. Grossas portas douradas estampavam sua fachada, que era branca, revestida por inúmeras formas talhadas em material reluzente. Cátia, ao olhar direto para a construção pela primeira vez, fechou os olhos por impulso. Sentiu dor. Sua vista foi ofuscada pela beleza exuberante do local, que, ao mesmo tempo em que a fazia se sentir uma rainha, fazia com que se sentisse humana. Era esplendoroso. Era real.

Então as portas se abriram para Cátia. Um clarão dourado maravilhoso preencheu sua vista e penetrou cada célula de seu corpo. O clarão se alastrou por toda a cidade e, no mesmo instante, uma harpa maravilhosa ganhou a atenção de Cátia. Ela estava dentro do Santuário tocando sozinha, sem que ninguém a conduzisse. Seu som era divino, como se milhares de harpas soassem, e não apenas uma. Cátia compreendeu a beleza do clarão e da música que eram percebidos em qualquer canto da cidade todas as vezes em que algum cidadão fazia a travessia.

O clarão dourado a envolveu como em um abraço e a fez levitar, conduzindo-a para o interior do salão. Flutuando, tal qual a rosa branca, ela entrou no Santuário. As portas foram fechadas e a harpa silenciou e desapareceu no ar, feito fumaça.

Cátia retomou a noção de quem era e o que fazia ali. Pôde perceber que, como se fosse mágica, estava trajando a maravilhosa roupa dourada dos recém-chegados. Aquele mesmo traje que deixara no guarda-roupa de seu quarto.

Olhou para o próprio corpo, rodopiando. Havia se esquecido de como era esplêndida aquela roupa. Nesse instante, percebeu que não estava sozinha.

O Sábio a fitava, com uma expressão de bondade.

– Exemplo de mulher e ser humano. Nunca vi alguém que pudesse reencontrar-se tão verdadeiramente e que soubesse extrair o que há de mais belo em seu coração – disse o Sábio a Cátia. – Você está pronta para a travessia. Não há mais nada que esta cidade possa lhe oferecer. Como eu disse em nosso primeiro encontro, esta cidade é apenas para aqueles que estão em fase terminal, e você, minha querida, soube salvar a si própria. Tenho muito orgulho de você.

Cátia chorava de emoção. O local, o momento, a presença do Sábio... Tudo era divino.

Ela olhou ao redor. O interior do Santuário era também infinitamente belo. Suas paredes interiores eram exatamente como as do lado de fora, e seu piso todo era dourado, como a linda escadaria que Cátia subira há pouco. Como se pudesse ler seus pensamentos, o Sábio disse:

– Tudo nesta cidade é feito em material semelhante ao ouro; tudo tem traços de dourado, como você pôde perceber. Trata-se apenas de uma representação simbólica, já que o ouro faz com que cada cidadão se lembre de um tesouro, pois assim é na Terra. É uma ideia que tive, há alguns milênios, para que cada um se lembrasse de cultivar seus próprios tesouros: os afetos, as essências, as almas, os sentimentos. Os corações.

Ainda perplexa, Cátia continuou a observar tudo ao seu redor. No centro do amplo e lindo salão, havia um enorme véu dourado, que se desprendia do teto e tocava o chão com suavidade.

Entretanto, o que chamou sua atenção foi uma cachoeira. Sim. Havia uma cachoeira dentro do salão lustroso. Ela ficava em um canto, e, aos seus pés, um pequeno e translúcido lago se formava.

O Sábio disse:

– A água é fonte de calma e renovação. Ela ajuda a manter a força de cada coração durante o momento da travessia. Além disso, reflete a verdade. Sempre a verdade. Vá até ela e veja a si própria.

Cátia caminhou até a linda cachoeira. Suas águas maravilhosas e seu frescor eram, de fato, contagiantes. Abaixou-se à beira do lago e viu sua própria imagem refletida. Embora Cátia estivesse parada contemplando a água, sua imagem brincava e rodopiava. Ela estava livre, feliz.

Sorrindo, ela voltou-se para o Sábio e se aproximou do bondoso homem, que disse:

– Cada um daqueles espelhos que os cidadãos desta cidade possuem desde o dia em que chegam é feito a partir desta água. Por isso, eles nunca mentem. Esta água tem como nascente cada alma; cada verdade interior.

Cátia foi até ele e o abraçou. Retribuindo o abraço, ele acrescentou:

– Neste momento eu sempre conto a cada cidadão que está prestes a fazer a travessia o que é esta cidade, o que significou a doença de seu coração e quais erros ele cometeu na Terra para que chegasse à fase terminal. Entretanto, você soube antes, em nosso encontro no templo. E soube, acima de tudo, aceitar aquela nossa conversa e usá-la em favor de outros cidadãos. Você deve partir. Seu coração a chama para sua vida na dimensão terrena.

Uma forte corrente de vento percorreu todo o interior do Santuário, agitando o véu dourado.

Trajando a linda veste, digna de uma rainha, e segurando as caixas que continham o coração de sua mãe e o seu próprio, Cátia lançou um último olhar de agradecimento ao Sábio e atravessou o véu.

20

Fé, despedidas... A vida em si é para os fortes!

Cátia lentamente abriu os olhos. O quarto à sua volta continuava o mesmo.

Lençóis, roupas e outros utensílios jogados ao chão, após seu acesso de fúria. Vidros estilhaçados, fotos rasgadas.

Sua cabeça doía. Algo a perturbava. Ela estava rodopiando, sentindo tontura.

Então percebeu o que a acordara. Era Andreia, sua mãe, que batia à porta.

– Como você ousa falar comigo e com o seu pai dessa maneira? – a mulher indagou, entrando no quarto.

Cátia lembrou-se de que chegou ao quarto, após a discussão com os pais que tivera na cozinha. Daí teve um acesso de fúria e, em seguida, caiu no sono, por alguns segundos, até ser bruscamente acordada pela mãe.

– Você vai para a clínica de reabilitação, já não pode mais fazer isso com seu corpo!

– Cátia, nós não a reconhecemos mais – disse o pai, aproximando-se.

A jovem fitava os pais. Sua cabeça doía e seu corpo todo respondia aos danos causados pelo vício e por mais uma noite no beco.

Então, com muita força, ela disse:

– Está bem.

Andreia e o marido estavam acostumados com as agressões da filha e, antes de subirem ao seu quarto, preparam-se para uma nova discussão. Estavam decididos a levar Cátia a força para a reabilitação. Contudo, não parecia necessário. Ela estava calma. Parecia outra a pessoa que subira as escadas em fúria há poucos instantes.

– Como assim "está bem"? O que você está aprontando? – indagou o pai.

– Nada – Cátia respondeu. – Apenas quero ficar bem. Quero minha vida de volta.

Dizendo isso, abraçou os pais. Os três choraram por muitos minutos. Depois desceram as escadas e foram para uma clínica de desintoxicação e reabilitação para dependentes químicos no Rio de Janeiro.

Epílogo

Era início de seu último semestre na Escola de Direito. Cátia acordou animada e tomou café da manhã ao lado dos pais. Ia se formar com atraso, por causa dos vícios na época dos estudos. Mas tudo era passado, e ela não se importava com isso.

– Você vem direto para casa hoje, após as aulas? – perguntou Andreia.

– Acho que não. Vou até a casa da Lorena. Quero que ela me conte tudo sobre seu novo namorado, o Lucas.

– Está certo, querida. Divirta-se.

Cátia deu um beijo na mãe e outro no pai.

Foi caminhando para a faculdade. Era uma linda manhã no Rio de Janeiro.

Desde que voltara da clínica de reabilitação, Cátia adquirira o hábito de dar longos passeios na praia e refletir sobre sua vida.

Há um mês ela estava de volta. Há um mês estava limpa.

O Rio de Janeiro era lindo, e a caminhada até a faculdade muito agradável. Cátia consultou o horário que imprimira e viu que sua primeira aula seria em um prédio afastado, onde ela nunca havia ido, dentro do próprio *campus*.

Sentindo-se como uma aluna do primeiro ano, Cátia rumou para o tal prédio, torcendo para não se perder.

Subiu as escadas, tentando seguir as indicações que trouxera. Chegou a um amplo corredor, onde havia apenas uma porta ao final. Entrou. Era um local branco, arejado, muito agradável. Possuía inúmeras bancadas e aparelhos.

Entretanto, Cátia percebeu que não podia estar no lugar certo; afinal, dentro daquela ampla sala, havia uma placa: CENTRO DE PESQUISAS.

Um rapaz de jaleco branco apareceu. Ele usava um crachá com o nome ERICK. Sorrindo, dirigiu-se a Cátia:

– Posso ajudá-la?

Carta para você

Concentre-se e leia a carta a seguir.
São palavras de um coração bondoso a outro,
com as explicações finais sobre Cátia e sobre você...

Cátia passou três séculos na cidade para onde vão os corações em fase terminal. Entretanto, não trouxe lembranças vivas do que viveu em outra dimensão. Dormiu após seu acesso de fúria cerca de três segundos. A maior virtude do tempo é fazer mágica ao converter um século em um segundo. É assim que funciona o tempo para nós, nesta cidade, em outra dimensão.

A jovem acordou sentindo-se outra. E, de fato, era. Havia cuidado de seu coração, que estava livre de suas antigas manchas negras. Contudo, precisava agora cuidar do corpo, castigado pelo vício. Aceitar ajuda, fazer a vontade dos pais, ir para a clínica de reabilitação com alegria... Todas essas eram atitudes da nova Cátia.

A Cátia que, aos poucos, sem saber explicar, a partir daquele sono profundo de três segundos, passou a ouvir as pessoas e a admirar suas histórias (seu coração se lembrava, embora sua mente não, dos passeios de trem); passou a amar incondicionalmente (lembranças do amor, responsável por trazer a cura ao seu coração); passou a se importar mais com os outros (lembranças da família, formada por afinidade, que tinha no conjugado); passou a admirar a natureza e os fins de tarde (lembranças da bela cidade onde vivera por três séculos); e passou a dialogar com Alguém, com uma Força que ela não sabia explicar se existia, mas que lhe trazia paz, ensinava-lhe o caminho da fé (lembranças de quando pisava em pétalas brancas e dialogava comigo).

Então, meu amigo, a última chance de salvar seu coração pode estar ocorrendo agora, sem que você saiba. Você deve apenas dar espaço para que as coisas boas ganhem força em seu interior. Como fez Cátia, sem entender as razões. Não desperdice esta oportunidade. Ame a si mesmo e corrija seus defeitos, buscando o que há de melhor em você. Caminhe sobre pétalas brancas. Contemple sua alma verdadeiramente. Aprenda com cada pessoa, cada par de olhos, cada coração. Tenha fé. Viva um século em cada segundo que tiver nesta vida. Salve-se!

O Sábio

Este livro foi composto nas fontes AR Decode e Berkeley
e impresso em papel *Norbrite* 66,6 g/m² na Assahi.